歴史バトラーつばさ

私立ヒミコ女学園「和風文化研究会」

鯨統一郎

JN286773

PHP
文芸文庫

○本表紙デザイン＋ロゴ＝川上成夫

歴史バトラーつばさ【目次】

月日は百代《はくたい》の過客《かかく》にして、行《いき》かふ年も又旅人也。

松尾芭蕉《まつおばしょう》『おくのほそ道』より

第一話

千《せんの》利《り》休《きゅう》ゲーム

天使と悪魔が、愛しあってしまったのです。

＊

薔薇《ばら》の花びらを大量に浮かべたバスタブに団子坂睦美《だんござかむつみ》はゆったりと浸《つか》かっていた。

私立ヒミコ女学園二号棟にある〈SOJ〉すなわち〈Study of Japan〉の部室である。

その部室の奥に、豪華なバスルームが設《しつら》えられているのだ。

団子坂睦美はお嬢様学校として名高いこのヒミコ女学園の理事長の娘だった。現在、三年生にして〈SOJ〉の部長でもある。

身長一六五センチ。均整の取れた女性らしい躯《からだ》の持ち主で、肩先まで伸ばした髪

鬼の求婚

～桃太郎の受難～

真崎ひかる

18845

角川ルビー文庫

目次

口絵・本文イラスト／みなみ遥

「眠《ねむ》い……」

白い天井《てんじょう》を仰《あお》いだ柊《しゅう》は、ポツリとつぶやいて瞬《またた》きを繰《く》り返した。今日も真夏日だと予想されているけれど、この部屋は適温に保たれているので快適だ。

昼下がりの窓の外からは、カナカナとヒグラシの鳴き声が聞こえてくる。他《ほか》に車の音や人の声などはなく、外界から隔絶《かくぜつ》された空間に置かれているみたいだった。

なんとも長閑《のどか》だ。

こんなふうに平和と言えなくもない時間を過ごしていると、自分の置かれた立場をうっかり失念してしまいそうになる。

こうしてぼうっとしていたら、眠ってしまいそうだ。

熱いコーヒーでも淹《い》れるかと、腰《こし》かけていたソファから立ち上がりかけた柊の耳に、男の声が飛び込んできた。

「そういえば、桃太郎《ももたろう》の歌ってあったよな」

目の前に置いたノートパソコンから目を逸《そ》らすことなく、唐突《とうとつ》にそんなことを言い出した男の意図が読めなくて、

「なに……歌？」

ゆるく眉《まゆ》を顰《ひそ》めた柊は、ストンとソファに座り直した。

こうして彼が、『桃太郎』という単語を自分に投げつけてくるのは、間違《まちが》いなく嫌《いや》がらせの一種だ。

昔話として語られている『桃太郎』は、かつて実在した。

柊の……桃瀬《ももせ》家《け》の家系図を数十代 遡《さかのぼ》れば、凶暴《きょうぼう》な鬼《おに》を征伐《せいばつ》したと言われている『桃太郎』に辿《たど》り着く。そして目の前にいる彼は、その桃太郎に征伐されたと言われている『鬼』の家系……鬼柳家《きりゅうけ》の直系なのだ。

数々の書籍《しょせき》の中では、『桃太郎』は正義の味方であり『鬼』は懲《こ》らしめられるのが当然の、悪の根源であるように言われている。

雉《きじ》・猿《さる》・犬のお伴《とも》を従えた桃太郎は、鬼の隠《かく》れ家《が》に乗り込んで圧倒《あっとう》的な力で凶悪《きょうあく》な鬼を組み伏《ふ》せ、鬼は敵《かな》わないとばかりに桃太郎にひれ伏す。

それが……二十一世紀の現在では、互《たが》いの置かれた立場はガラリと様変わりしている。

桃瀬家は、先祖代々引き継《つ》いできた山林や島を中心とした土地を有効利用することで、先代である祖父の代には不動産王と呼ばれていた。老舗《しにせ》と自負する旅館も栄華《えいが》を誇《ほこ》り、予約は三年待ちだと言われていた時代もあった……らしい。

鬼柳家は、同じく先祖からの広大な土地を有していたそうだが、保守的な桃瀬家とは活用の方向が真逆だった。

土地価格が高騰《こうとう》した時代に見事なまでの先見の明を発揮して、最高値で売り……不動産価格が暴落する直前にスッパリと土地売買から手を引くことで巧《たく》みに危機を切り抜《ぬ》けた。更《さら》に、日本のみならず海外へ打って出たことで、低迷《ていめい》する国内経済の影響《えいきょう》を最小限に抑《おさ》えることに成功した。

当時はマイナーでしかなかった海外の孤島《ことう》を低価格で取得しては、『隠れ家リゾート』やら『完全プライベート』やらを売り文句にして世界中の富豪《ふごう》たちをうまく顧客《こきゃく》につけ、特にこの数十年の急成長は目覚ましい。

戦前、『桃瀬』と『鬼柳』は国内で五指に数えられる名家だったと聞いたが、今の『桃瀬』にあるのは先祖代々『桃太郎』に仕えてきた『雉・猿・犬』の名がつく律儀《りちぎ》な家臣、維持《いじ》に金と手のかかる山林や島と旧家の血統、蔵《くら》いっぱいの古びた先祖縁《ゆかり》の品々くらいだ。

反して『鬼柳』は……ホテル経営を始めとしてクルージング企画《きかく》等の観光業やテーマパークの展開、国内外でのレストラン経営に至るまで世界的な経済誌で特集が組まれるほど手広く事業を推《お》し進め、グローバルな企業《きぎょう》へと成長している。

今では、鬼柳家の祖先が『桃太郎』に征伐された『鬼』であることなど、人々の記憶《きおく》から消し去られている。

桃瀬の系統とその周囲のごく一部の関係者だけが、鬼柳の関係者を『鬼』と呼んで忌《い》み嫌《きら》っているのだが……柊にしてみれば、鬼に敵わないことの逆恨《さかうら》みのようにも見える。

それほど、あらゆる面で現代の『桃太郎』は『鬼』に勝てない。

この男はそれがわかっていながら、わざとこうして末裔《まつえい》である柊に向かって『桃太郎』と呼びかけてくるのだ。

「桃太郎さん、桃太郎さん……お腰につけたキビ団子ってヤツだよ。当然、『桃太郎』なんだから歌えるんだろ？」

「おれは、桃太郎じゃないけど。一応、知ってる」

今の柊は、きっとものすごく『嫌な顔』をしていると思うのだけれど、隣《となり》に座っている男は笑《え》みを消すことがない。

相変わらず、なにを考えているのか読むことができない。もっと、わかりやすくバカにしてくれたら手放しで反発できるのに……。

「有名なのは、一番だけだよな。続きがあるのに、世間的な認知度《にんちど》は低い。暇《ひま》だし、歌って聞かせろよ」

背を屈《かが》めて、柊の顔を覗《のぞ》き込むようにして「歌えよ」と強要してくる。

本気でこいつは、鬼退治《おにたいじ》の歌を聞きたいのか？

「……そっちが歌えって言ったんだからな。怒《おこ》るなよ」

そう前置きしておいて、そっとため息をついた。気乗りしないと隠すことなく、子供の頃《ころ》から子守唄《こもりうた》代わりに聞かされてきた歌を暗唱する。

『一・桃太郎さん、桃太郎さん、お腰につけたキビ団子、一つわたしに下さいな。

二・やりましょう、やりましょう、これから鬼の征伐に、ついて行くならやりましょう。

三・行きましょう、行きましょう、貴方《あなた》について何処《どこ》までも、家来になって行きましょう。

四・そりゃ進め、そりゃ進め、一度に攻《せ》めて攻《せ》めやぶり、つぶしてしまえ、鬼《おに》が島《しま》。

五・おもしろい、おもしろい、のこらず鬼を攻めふせて、分捕物《ぶんどりもの》をえんやらや。

六・万万歳、万万歳、お伴の犬や猿雉子《きじ》は、勇んで車をえんやらや』

歌い終えて口を閉じた柊は、コレで気が済んだか？　と横目で隣の男を見遣《みや》る。

いつからこちらを見ていたのか、バッチリと視線が絡《から》んでしまい……慌《あわ》てて顔を背《そむ》けた。

なんとも形容し難《がた》い、気まずさが込み上げてくる。どうして自分がこんな気分にならなければならないのだと、唇《くちびる》を噛《か》んだ。

「ふ……鬼退治を面白《おもしろ》がる桃太郎、か。実はサドなのか？」

「知らないよ」

笑み混じりの言葉に短く答えて、自分の手元を睨《にら》みつける。

桃太郎が鬼を退治する歌を聞かされて、その感想か。この男は、本当になにを考えているのだろう。

自分の先祖が退治される歌を、面白がっているようにさえ見える。

「で、柊は……桃太郎がお伴と一緒《いっしょ》に持ち帰った、鬼の分捕物ってなにか知ってるか？」

「……知らない」

今度の『知らない』は、先ほどのものより力ない響《ひび》きになってしまった。

それがなにか、彼は知っているのだろうか。

……知っていても不思議ではない。

かつて、自分の祖先が彼の祖先から『分捕《ぶんど》った』のだから。

鬼の財宝……秘された宝物を見つけようと、そんな目的を持って柊がここにやって来たことも、察しているのかもしれない。

そのくせ、二十四時間監視《かんし》するでもなく、たまに皮肉をぶつけたりからかってきたりするだけで……謎《なぞ》だらけだ。

《一》

桃瀬家の蔵には、先祖代々の品がギッシリと詰《つ》め込まれている。文化的な価値があるらしい美術品から、桃瀬の関係者以外にはなんの意味もない書物までジャンルは多岐《たき》に亘《わた》り、所蔵物のリストと照らし合わせるのも一苦労だ。

それらに必要な年に一度の虫干しは、桃瀬家の長男で否応《いやおう》なく跡継《あとつ》ぎでもある、柊の役目だ。

庭に大きなゴザを敷《し》き、その上に日光に当てても大丈夫《だいじょうぶ》な壺《つぼ》や大皿を並べ……直射日光が厳禁だと言い含《ふく》められている書物関係は、蔵の中に置いたまま埃《ほこり》を払《はら》う。

「んー……日本昔話の世界だよな」

腰《こし》に手を当てて仁王立《におうだ》ちした柊は、大小の葛《つづら》を見下ろした。苦笑《くしょう》しつつそんなことをつぶやくのには、理由がある。

掛《か》け軸《じく》や巻物状態の書物に記された文字は達筆すぎて、柊には読み取ることができない。けれど、その内容は物心ついた頃から繰《く》り返し言い聞かせられているので、ある程度は把握《はあく》している。

なかには、かつて『桃太郎』が『鬼』から得た財宝の隠しドコロを記した小島の地図という、どこまで事実なのか定《さだ》かではないものまである。

子供の頃は、大きくなったらその小島に『宝探し』に行こうと、ワクワクしながら巻物を眺《なが》めたものだ。

二十歳《はたち》となった今では、実際に瀬戸内海《せとないかい》にあるという小島まで行く術《すべ》を知っていて簡単に出向くこともできるけれど、財宝というものの存在について懐疑《かいぎ》的なせいで実行する気になれない。

たとえ、その昔は実在したのだとしても……二十一世紀の現代まで残されている可能性は、どれくらいだろう。

「宝探し、か。子供の頃って、夢があったよなぁ」

留め具である紐《ひも》の房《ふさ》が擦《す》り切れている古びた巻物を眺めつつ、我ながらつまらない大人になったものだと嘆息《たんそく》する。

巻物を収めてある葛の蓋《ふた》を閉めると、蔵を出てゴザに広げてある陶器《とうき》類の埃を一つずつ布で拭《ふ》いていく。

単純作業ではあるけれど、割れ物を扱《あつか》うので慎重《しんちょう》にしなければならない。でも、正直言って同じような作業の繰り返しは飽《あ》きてくる。

真っ白な磁器の大皿の底に描《えが》かれた、小さな桃《もも》の葉柄《はがら》が目に留まる。柊が自然と口ずさんだのは、

「桃太郎さん、桃太郎さん……ってか」

有名な童謡《どうよう》の一節だ。

幼稚園《ようちえん》……小学校、中学校から高校にかけ、柊が桃太郎の系統だと知られた相手からは、耳にタコができるかと思うほど聞かされてきた。

半分は、からかい混じり。言い返しても無駄《むだ》なので、鼻で笑って聞き流す。

あとの半分は……こちらのほうが、厄介《やっかい》だ。親愛の情という、柊自身には迷惑《めいわく》な捻《ひね》くれた愛情表現の一つらしい。

トラウマと表現するほど深刻なものではないが、成人した今になっても桃太郎関係のものを目にすると苦い気分になる。ただ、身に染《し》みついた習性は簡単に消えてくれないらしく、頭に浮《う》かんだ歌は無意識に唇から零《こぼ》れ落ちる。

「お腰につけた……あ、傷発見。いつついたんだろ」

「柊、キビ団子なんかなくても、オレはお供するぞ！」

柊が歌わなかった歌詞の続きを、そんなふうに威勢《いせい》よく否定する声に思わず苦笑して、背後を振《ふ》り向いた。

手に持っていた大皿をゴザの端《はし》に置き、「キビ団子なんかなくても」という言葉に反論する。

「剣太郎《けんたろう》。それじゃあ、物語が成り立たないだろ。雉《きじ》と猿《さる》と犬は、キビ団子の見返りに桃太郎に従ったんだからさ」

「オレなら、ってことだよ。初対面の人間に、恥《は》ずかしげもなく食い物を要求するご先祖が情けないねっ」

「それを言うなら、キビ団子で道連れを釣《つ》ろうとする桃太郎にも、大いに問題アリだと思うけど」

「そりゃ……そうかもしれないけど。でもっ、オレだったら見返りなんかなくても、柊のためのサポートは惜《お》しまないぞ」

不本意そうな顔で柊の言葉にブツブツ反論したのは、犬飼《いぬかい》剣太郎。

彼の両親が桃瀬《ももせ》家で長く住み込みで働いていることもあり、同じ年の彼とは物心つく前から共に育った。

傍《はた》からは、お坊《ぼっ》ちゃまと使用人の息子《むすこ》という関係だと見られているが、本人たちの感覚としては兄弟に近い幼馴染《おさななじ》みだ。

「あのさ、手伝おうか？」

そう言いながら剣太郎が柊の脇《わき》にしゃがみ込んだところで、頭上から落ち着いた響きの男の声が降ってきた。

「剣太郎、ダメだ。おまえが手を出していいものじゃない。それに、先祖代々の所蔵物を把握しておくのは、柊さんのためなんだ」

そんな声と同時に、「忘れ物です」と頭になにかが被《かぶ》せられる。

視界に影《かげ》ができたことと、反射的に手を上げた指先に感じるザラッとした手触《てざわ》りの正体は……

…麦《むぎ》わら帽子《ぼうし》か？

「……オレが気安く触《さわ》っていいものじゃないのは、わかってるよ。って、智哉《ともや》も気になって見に来たんだろ」

「私は帽子を届けに来ただけだ。あと、差し入れです。柊さん、少し休憩《きゅうけい》なさってください」

剣太郎にそう言って、スポーツ飲料のペットボトルを差し出しながら柊に視線を移したのは、雉鳥《きじとり》智哉。

彼も、剣太郎と同じく何代にも亘って桃瀬家に仕える『雉』の家系の子息だ。二十歳の柊や剣太郎より一回り近く年上で、名門大学を卒業後は桃瀬が展開する事業の重要なポストに就《つ》いている。

「やっぱり、柊を甘やかしてんじゃんか。そういや、圭市《けいいち》は？　しばらく顔を見てないけど…

…こういう時に差し入れを持ってくるのは、智哉より圭市の役目だろ」

剣太郎が口にした名前の主、猿渡《さわたり》圭市は、少しばかり頭の固い智哉とお調子者の剣太郎との緩衝剤《かんしようざい》的な役目をしている青年だ。

年齢《ねんれい》的にもあいだに割り込む形となる二十八歳で、社交的な性格と華《はな》やかな外見を活《い》かして国内外の関係者との渉外《しようがい》担当となっている。

今は、桃瀬が経営する旅館やホテルで提供するワインの仕入れのために、海外へ渡《わた》っているはずだ。

柊が剣太郎に応《こた》えるより早く、智哉が口を開いた。

「圭市は、海外出張。明日《あした》の夜には戻《もど》る……って、言わなかったか？」

「そうだっけ。聞いたような気が、するような……しないような？　う－ん？」

「……身体《からだ》を鍛《きた》えるばかりじゃなく、頭も使えよ。脳細胞《のうさいぼう》は、使わなかったら衰《おとろ》える一方だ」

「失礼だなっ。人を運動神経しか取り柄《え》のないバカみたいに言いやがって！」

「へぇ。そこそこ察することができるんじゃないか」

「うがっっ。ますますムカつくなっ」

侃々諤々《かんかんがくがく》と言い合っている二人を横目に、柊はペットボトルのキャップを捻って冷たいスポーツ飲料を喉《のど》に流した。

仲裁《ちゅうさい》の必要はない。年齢差を感じさせないほど仲睦《なかむつ》まじく言い合うコレは、彼らなりのコミュニケーションなのだ。

「あ、めちゃくちゃ美味《うま》い。スポーツ飲料って、こんなに美味かったっけ」

自覚していた以上に喉が渇《かわ》いていたようで、美味《おい》しい。身体の隅々《すみずみ》にまで水分が行き渡るみたいだ。

「しっかし、暑いなぁ。梅雨明《つゆあ》けと同時に、真夏！　って感じだ。花火大会って、いつだったっけ」

強く吹《ふ》き抜《ぬ》けた風に飛ばされないよう、咄嗟《とっさ》につばの広い麦わら帽子を押さえて、足元に伸《の》びるクッキリとした影を見下ろす。

湿度《しつど》が高くて蒸《む》し暑い日本の夏は苦手だ。でも、スイカや桃は美味しいし、お祭りや花火大会もあるので、嫌《いや》なばかりではない。

そうして、二人の言い合いを完全無視して我関せずを決め込んでいると、

「……相変わらず、マイペースですね」

三十を超《こ》えて、二十歳《はたち》の剣太郎と同じレベルで言い合っていたことが気恥《きは》ずかしいのか、コホンと空咳《からせき》をした智哉が苦笑《くしょう》を滲《にじ》ませる。

柊は、微笑《ほほえ》ましいコミュニケーションを終わらせた二人を振り向いて、

「あれ、もう終わり？」

と、首を傾《かし》げた。

ポンポンとリズムよく言葉の応酬《おうしゅう》をする彼らが、本気でいがみ合っているわけではないとわかっているので、そっとしておいたのだが。

「聞き苦しいやり取りをお見せして、失礼しました。花火大会は……」

「来週末だってさ。浴衣《ゆかた》着て、一緒《いっしょ》に行こう」

智哉の言葉を無理やり継《つ》いだ剣太郎が、会話に割り込んでくる。智哉が「割り込むな。無礼だな」と厳しい表情になっても、気づかないふりをしてお構いなしだ。

柊より、剣太郎のほうがマイペースだろうと苦笑いを滲ませる。

「ん？　でも、剣太郎は彼女と一緒に行くって言ってなかった？」

花火大会の誘《さそ》いかけに、うなずきかけ……頭の隅《すみ》を過《よぎ》った純粋《じゅんすい》な疑問をポツリとつぶやいた。

すると、難しい顔をしていた智哉が、ニヤリと人の悪い笑《え》みを浮かべる。

「フラれたそうですよ。私と柊さん、どっちが大事なの？　というお決まりの文句に、迷いなく『柊』と答えたせいで」

「なんで智哉が知ってんだ！　フラれたんじゃなくて、コッチから願い下げだ。柊が大事に決まってんじゃんか」

「……いや、彼女のほうが大事でしょ……」

冗談《じょうだん》めかした問いかけだったとしても、躊躇《ためら》うことなく同性の幼馴染みを選択《せんたく》されるなど、彼女にしてみれば屈辱《くつじょく》だろう。

そう嘆息《たんそく》した柊の肩《かた》に、剣太郎が様々な武道で鍛えたがっしりとした腕《うで》を回してくる。

「柊のことを、オレと同じくらい大事に思ってくれる女じゃないとゴメンだね。智哉も、そうだろ？」

「まぁ……否定はしない。ここに圭市がいれば、同じことを口にするだろうし」

同意を求められた智哉は、剣太郎と同列に並べられることが気に入らないのか、不承不承といった表情で曖昧《あいまい》にうなずく。ついでに、この場にはいない圭市を引き合いに出して、剣太郎とうなずき合った。

そんな二人に、柊は「はぁ」と大きなため息をつく。

「みんな……先祖のしがらみなんか捨てて、好きにすればいいのに」

先祖代々、桃瀬の跡取《あとと》りに仕えるのが使命だなどと……生まれた時から決められているのは、嫌ではないのだろうか。

自分が、そうして傅《かしず》かれる大層な人間ではないと自覚しているだけに、申し訳ないような気分になる。

それぞれの能力を活かして、もっと素晴《すば》らしい人生を送れるのでは……。

「しがらみではなく、祖先のおかげで得ることのできた、最良のポジションだと思っていますが。大学卒業時に、桃瀬の家長には好きな道を選択すればいいと言っていただきましたが……将来的に柊さんに仕えることを選択したのは、私の意思です」

「オレも。腕力《わんりょく》しか取り柄がないオレが、自力で桃瀬の企業《きぎょう》に勤めることは無理だろうし。なにかの間違《まちが》いで就職できても、こんなふうに柊の傍にはいられないだろうし。そう考えたら、先祖様々……役得ってやつかな」

迷いなく胸を張る二人に、柊は心の中で「やっぱり、もったいないよなぁ」とつぶやいて、被《かぶ》っていた麦わら帽子を手に持った。

自分は、彼らに報《むく》いることができる人間なのだろうか？

そんな、桃瀬家の跡取りとして情けないばかりの一抹《いちまつ》の不安は、なんとか隠《かく》せたはずだ。

□□□

桃太郎と聞けば、子供向けの絵本を思い浮《う》かべる人がほとんどだろう。柊も、物心つく前からありとあらゆる『桃太郎』に関する本を読みきかされてきた。

それというのも、家系図を遡《さかのぼ》ったご先祖がその『桃太郎』だから……という理由だが、どこまで事実なのか定《さだ》かではない。

確かなのは『桃瀬』の名と、今は亡《な》き祖父や父、そして自分にも『雉《きじ》』『猿《さる》』『犬』の名を持つ従者が存在することだ。あとは、かつてご先祖が討伐《とうばつ》した『鬼《おに》』……鬼柳一族を、宿敵だと教え込まされてきたということか。

ライバルだとか双璧《そうへき》と言われていたのも、数十年前までで……ここしばらくは、差が開く一方だ。

野心家で企業家《きぎょうか》として優秀《ゆうしゅう》だった祖父はともかく、現在の家長である父は守りに入るばかりで企業のトップとしては頼《たよ》りないと言われている。それは、柊も似たようなもので……桃瀬の名や昔からの土地、更《さら》にはグループ企業を束ねる自信は乏《とぼ》しくて、自分には荷が重い。

そんな不安をポツリと零《こぼ》せば、智哉や圭市、剣太郎は「柊をサポートするために自分たちはいるのだから、心配無用だ」と頼《たの》もしいことを言ってくれるが、三人に神輿《みこし》を担《かつ》がれてその上でふんぞり返るのは情けないのでは。

思うトコロは数多くあるけれど、現在は学生の身である柊には、どうすることもできない。経済や経営学を選択するのではなく、好きという理由だけで選択した地質学を学ぶ現状が甘えだということも、重々承知だ。

それさえも、いずれ好きなことばかりできなくなるのだから今は好きにしたらいいのだと、智哉や圭市には甘やかされている。

「暑いなぁ……冷たいもの、飲みたいかも」

大学から帰宅した柊は、廊下《ろうか》を歩きながら額の汗《あせ》を拭《ぬぐ》った。

自室へ行く前に飲み物をもらおうと厨房《ちゅうぼう》へ入ろうとしたところで、メイドたちの会話が耳に飛び込んできた。

「……でしょう？　でもね、まだ島や山があるから」

「それも、先代からの相続税でかなり減ったって噂《うわさ》じゃないの。大丈夫《だいじょうぶ》かしら」

「今の当主様が、保守的な方だから……ねぇ。この時代、ほら……鬼の一族みたいに、大胆《だいたん》なロボット産業や宇宙工学なんかに手を出す冒険《ぼうけん》心や遊び心も必要じゃないかって、先日も経済評論家に言われてたじゃない」

息抜《いきぬ》きの雑談の邪魔《じゃま》をする気もないし、立ち聞きをするつもりもない。ほんの少し眉《まゆ》を顰《ひそ》めた柊は、足音と気配を殺して踵《きびす》を返す。

冷たいオレンジジュースを飲みたかったのだけど……。

「仕方ないな。コンビニにでも行くか。その前に、荷物を置いて来るかな」

外に買いに出ようと決めて、重い本を詰《つ》め込んだバッグを置くために自室へ向かう。

使用人たちの手で毎日磨《みが》き抜《ぬ》かれている廊下は、艶々《つやつや》と光を弾《はじ》いている。瓦《かわら》屋根といい、土《つち》壁《かべ》といい……桃瀬の屋《や》敷《しき》は、昨今の都会では珍《めずら》しいと言われる純日本家屋だ。

今でこそ趣《おもむき》のある建物だと思えるようになったが、小学生くらいまでは古くさい造りのこの家が好きではなかった。

重要文化財など、言葉の響《ひび》きはよくても厄介《やっかい》な肩書《かたが》きだと思う。住人が利便性を求めて、自由に増改築することもできないのだ。

「なーんか……不穏《ふおん》な感じだよなぁ」

自室に入った柊は、後ろ手でぴっちりと襖《ふすま》を閉めて独り言を零した。

足元に視線を落とし、色あせて黄色に変色した畳《たたみ》を見詰《みつ》めながらメイドたちの会話を思い起こす。

祖父から父への代替《だいが》わりの際に、課せられた相続税でゴッソリと所有する土地が減ったことは事実だ。

それに、桃瀬家の手がける事業は不動産業を始めとして先代から続くホテルや旅館の経営を中心とした保守的なものばかりで、多岐《たき》の業種に亘《わた》ってグローバルな展開をする『鬼』の企業のような目覚ましい発展は望めない。

特に旅館やホテル経営に関して、少し前から経営危機が囁《ささや》かれている。柊の耳に入らないよう気を遣《つか》っているようだが、漏《も》れ聞こえてこないわけがない。

「おれに、なにかができるわけがないってわかってるから、誰《だれ》もなにも言ってくれないんだろうなぁ」

親の脛《すね》を齧《かじ》るだけの一介《いっかい》の大学生である自分が、どうにかできるわけがないことはわかっている。

だから、事業のことなどなにひとつ聞かされずに、蚊帳《かや》の外に置かれているのだ。

「ちくしょ、なんかもどかしいな」

身体《からだ》の脇《わき》で両手を握《にぎ》り締《し》めた柊は、奥歯を噛《か》んで足元を睨《にら》みつけた。

どんなに頼りなくても、一応自分は桃瀬家の長男なのだ。

本当に『桃瀬』が危機的な状況《じょうきょう》に陥《おちい》りかけているのなら、その状況くらいは知っておきたいのに……。

肩にかけていたバッグを部屋の隅《すみ》に置いた柊は、スマートフォンを取り出してメール作成画面を呼び出した。

「えーと、簡単なものでいいか。今夜、十時におれの部屋に来てくれ……と」

短い文章を送信した相手は、智哉と圭市、剣太郎の三人だ。

かつて、ご先祖が『雉・猿・犬』を伴《ともな》って鬼の討伐に出向いたように、自分にとってもこの三人は最強の味方なのだ。

「きちんと話してくれたらいいけど」

知っていることを聞かせろと問い質《ただ》したところで、どれだけ本当のことを話してくれるだろうか。

でも……。

「知らないのは、一番嫌《いや》だ。できることなんか、ろくにないと思うけど」

なにも知らないで蚊帳の外に置かれるのが一番悔《くや》しい。無力なのはわかっているが、可能な限り知っておきたい。

あの三人なら、『おまえにできることはなにもない』と突《つ》き放したりせずに、柊の思いを汲《く》むくらいのことはしてくれるはず。

「まずは状況を知って……それからだ」

用を終えたスマートフォンを、ギュっと強く握り締める。顔を上げてジーンズのポケットに捻《ね》じ込むと、当初の目的であるコンビニエンスストアへ出かけるために財布《さいふ》を手にして自室を出た。

「柊、入るよ。遅《おそ》くなってゴメン」

自分たちの声が襖越《ふすまご》しに漏れ聞こえていたのか、柊が応答するより先に廊下の外から襖が開かれる。

ひょっこりと顔を覗《のぞ》かせたのは、華《はな》やかな美形だ。柊がメールで呼びつけた三人のうち、彼以外はすでに揃《そろ》っている。

「圭市、遅刻《ちこく》～」

畳に座り込んでいる剣太郎が顔を仰向《あおむ》けて苦情をぶつけると、その脇にいる智哉が顔を顰めて口を開く。

「圭市、柊さんの許可を待つことなく勝手に襖を開けるんじゃない。失敬極《きわ》まりない。だいたい、おまえといい剣太郎といい、馴《な》れ馴れしく柊さんを呼び捨てにするのは感心しないと、何度言えば」

「あー、はいはい。スミマセン。相変わらず、おとーさんは口うるさいな」

剣太郎と智哉に文句を言われても、当の圭市は笑っている。おおらか……智哉に言わせれば能天気な圭市らしい。

「……誰が親父《おやじ》だ。おまえのようにデキの悪い息子《むすこ》など持った覚えはない」

「お約束の切り返しをありがとう。……で、なにかあった？」

　智哉の説教を飄々《ひょうひょう》とした態度で受け流した圭市は、畳に腰《こし》を下ろしている自分たち三人の中心に右手に持っていた紙袋《かみぶくろ》を置く。

「コレは海外出張のお土産《みやげ》。日本に輸入されていないワイナリーのワイン、美味《おい》しかったから。ついでに、グラスと……コルク抜きも」

　どっかりと腰を下ろした圭市は、紙袋の中からワインのボトルだけでなく、ワイングラスを四つとコルク抜きまで取り出す。

　黙《だま》ってその様子を見ていた剣太郎が、パチパチと両手を叩《たた》いた。

「おお、スゲー。そんなにデカい紙袋じゃないのに、手品みたいだな」

「収納には、要領というものがある。剣太郎みたいに、無造作に突っ込むようなガサツなことをしていたら、入らなかっただろうねぇ」

「……チッ、相変わらず嫌味《いやみ》。だいたい、オレがワインをほとんど飲めないって知ってるクセにさぁ……」

　ブツブツぼやいて唇《くちびる》を尖《とが》らせた剣太郎に、圭市は最後に紙袋から取り出した小さな箱を手渡《てわた》した。

「ワインの味がわからないお子様には、チョコレート。それ、好きだろ」

ませる。

た。なんだかんだ言いながら、やはりこの二人も仲がいいのだと、傍観《ぼうかん》していた柊は苦笑《くしょう》を滲《にじ》

剣太郎は渋々《しぶしぶ》といった態度を装いながら、圭市に差し出された小箱をちゃっかりと受け取っ

お子様呼ばわりは悔しいはずだが、好物であるチョコレートの誘惑《ゆうわく》には勝てなかったらしい。

「……貰《もら》ってやる」

「とりあえず、一口ずつでも飲んで。赤ワインは、常温がベスト……っと」

手際《てぎわ》よくコルクを開けた圭市が、四つ並べたワイングラスに少しずつ注ぐ。智哉は腕《うで》を組んで、ワイングラスから顔を背《そむ》けた。

「宴会《えんかい》が目的じゃないんだ。それより……柊さん、なにがあって私たちをお呼びになったのですか？　わざわざメールで自室を訪ねるよう指示されたということは、この四人でなければ差し障《さわ》りがある話ですね？」

「うん……って、急ぎじゃないんだけど」

どう切り出せばいいのか迷い、火急の用ではないと答える。すると、圭市がワイングラスを手に取って飲むように促《うなが》してきた。

「じゃあ、飲みながらでいいだろ。智哉、絶対にコレはおまえの好みだぞ。剣太郎も、一口だけなら頭痛くならないだろ？」

圭市も柊も、生真面目《きまじめ》な智哉が本当はワイン好きなことを知っている。でも、義理堅《ぎりがた》い智哉

は柊に遠慮《えんりょ》して先に口をつけるようなことはしない。だから、率先《そっせん》してワイングラスに手を伸《の》ばした。

「出張、お疲《つか》れ。いただきますっ。ほら、智哉も」

「……では」

柊に名前を呼ばれた智哉も、ようやくワイングラスを手に取る。圭市と目が合い……「さすが柊」とでも言いたそうに、目を細めた。

彼ら三人は、柊のことを幼い頃《ころ》から見てきたせいで熟知しているけれど、性格を知り尽《つ》くしているのはお互《たが》い様だ。

「あ、ほんとに美味しい」

「……これ、ツマミにすれば」

「え、いいよ。剣太郎のお土産だろ」

「最初っから、独り占《じ》めする気はないって」

小箱の包装を解いた剣太郎が、ワインボトルの隣《となり》にチョコレートの箱を置く。赤ワインとの相性《あいしょう》がいいビターチョコは単体でも充分《じゅうぶん》に美味しいもので、脇役《わきやく》じみた『ツマミ』と呼ぶには申し訳ない。

「圭市、視察先はどうだった?」

「んー……有意義だったよ。智哉が事前にリサーチしてくれていた資料も、超《ちょう》お役立ち。あの

あたりの地域は、昔っから酪農《らくのう》を中心とした農業が盛んで、こうしてワイナリーなんかも充実《じゅうじつ》しててて……ただ、地元での消費が中心だったんだよね。高級ホテルなんかにも一切《いっさい》輸出してないから、桃瀬のホテルや旅館で提供できたら話題性はバッチリ。見返りに、日本酒の魅力《みりょく》をしっかり振《ふ》り撒《ま》いてきたぞ」

「ああ……うちの酒造部門は、小規模ながら質のいい酒を造っているからな。こちらも海外輸出はしていないんだから、ギブ&ティクの材料としては申し分ないだろう。希少価値というものは、万国《ばんこく》の人間が好む」

「だね。試飲用に持って行ったものを飲ませた途端《とたん》、目を輝《かがや》かせていい具合に食いついてきた。だから……」

圭市と智哉のあいだで交《か》わされる話を、学生の剣太郎と柊は口を挟《はさ》むことができずに聞き役に徹《てっ》する。

そうして、海外との取引についての話を興味深く聞いていたけれど、全員のグラスのワインがなくなったところで智哉が本題に戻《もど》した。

「さて、柊さん。そろそろお話を伺《うかが》いましょうか」

「あ……うん。そんなに改まって聞かれると、ちょっと困るなぁ。えーっと……」

どんなふうに探《さぐ》れば不自然ではないか迷ったが、変に誤魔化《ごまか》して目的の話を引き出そうとしても智哉や圭市には裏を看破されるに違《ちが》いない。

柊自身は認めていないが、どうやら自分は『単純かつ天然チャン』らしいのだ。ここは、小細工を図《はか》るよりも直球勝負が一番か。

スッと息を吸い込み、ズバリと切り込む。

「チラリと漏《も》れ聞こえてきたんだけど、ウチの会社……特に旅館やホテル経営のほうが、ヤバいって？」

真顔で問い質《ただ》した柊に、智哉と圭市、剣太郎は呆気《あっけ》に取られた顔で何度か目をしばたたかせて……。

「ギャハハハ、なんだそれっ。柊ってば、どこで誰《だれ》に聞いたのか知らないけど、まさかそんな……っ」

手放しで爆笑《ばくしょう》する剣太郎に、智哉が眉《まゆ》を顰《ひそ》める。

「剣太郎、下品な笑い方はやめなさい。ですが、笑いたくなる剣太郎の気持ちは、わからなくないですね。柊さん、どこでそのような根も葉もないお話を？」

「うるさいよ、剣太郎。確かに……ヤバいって、なにが？　って感じだ。順調に海外取引の段どりも取りつけてきたし、そんな気配なんか微塵《みじん》もないでしょうに。じゃなければ、俺がわざわざ海外出張する意味がない」

剣太郎の頭を拳《こぶし》で殴《なぐ》って笑いを止めさせた圭市が、苦笑を浮《う》かべてそう言いながらため息を零《こぼ》す。

「で、でも……なんか、このところ人の出入りが激しかったたし。一昨日《おととい》来てたのは、銀行の頭取だろ」

柊にしても、なんの根拠《こんきょ》もなくメイドたちの噂話《うわさばなし》を鵜呑《うの》みにしているわけではない。

この一、二ヵ月ばかり家の様子が少しおかしかったのだ。どこがどうと具体的には言えないけれど、いつになく落ち着きがない感じで……。

しどろもどろに言葉を重ねると、智哉がグッと眉間《みけん》の縦皺《たてじわ》を深くした。

「銀行の頭取が出向いてくることなど、珍《めずら》しくはないでしょう。同時期に、百貨店の外商もって来ていたはずですが。ああ、呉服《ごふく》屋の主人も来られましたか?」

「う……そうだけど」

もしも、本当に家計の内情がよくないのなら、買い物をする余裕《よゆう》などないはずだ……という意味だろう。

いつもながら説得力のある智哉の言葉に納得《なっとく》しそうになったけれど、引っ掛《か》かりが解消されたわけではない。

「でもっ、やっぱり」

「いいですか、柊さん。万が一……柊さんが疑念を持たれたような不測の事態が起こったとしても、当主のことは私たちの父が完璧《かんぺき》にサポートいたします。そして、将来あなたが家督《かとく》を継《つ》ぎましたら、私たちが仕えます。そのために、今は修業《しゅぎょう》を重ねているのです。あなたがご心配なさることは、なにもございません」

「う……ん。わかった」

智哉の説明に、これ以上言い返せる材料はなにもない。チラリと目を向けた圭市と剣太郎も、うんうんとうなずいている。

「じゃあ、あとは宴会ってことでいいかな」

重苦しくなった空気を変えようとしてか、ニッコリと笑った圭市がワインボトルを摑《つか》んで勢いよくグラスに注ぐ。

眉間の皺を解いた智哉が、圭市からワインボトルを取り上げた。

「ほどほどにしておけ。明日は本社の重役の前で報告会だろう。酒の余韻《よいん》を漂《ただよ》わせてヘラヘラしていたら、親の七光りが……と侮《あなど》られる」

「あらやだ、惚《ほ》れそう。怖《こわ》い顔をしているけど、智哉はやっさしいなぁ。心配無用。レポートは完璧だ。親が重役だから引き上げられているんじゃないって、実力もないのに僻《ひが》むことしかできないオッサンどもに思い知らせてやる」

軽い口調で笑いながら……なのに、圭市の目は笑っていない。

代々、桃瀬家に仕える家系だから当然のように就職し、若年《じゃくねん》ながら大きな仕事を手がけることができると……やっかみを受けていることは、柊も聞いたことがある。

今では誰にも『七光り』だなどと言われない智哉も、入社してしばらくは似たような経験をしてきたに違いない。

「気味の悪い言い方をするな。それに、怖い顔は余計だ。血統的にというか、立場的に……おまえと一緒《いっしょ》にされたら迷惑《めいわく》だからな。ケンカを売りたくなる気持ちはわかるが、上層部に不要な波風を立てるなよ」

仕方なさそうに嘆息《たんそく》して、唇《くちびる》の端《はし》をほんの少し吊《つ》り上げて……圭市の背中を軽く叩《たた》く。

チョコレートを摘《つ》まんで、ポイッと自分の口に放り込んだ剣太郎が、「あーあ」と声を上げた。

「わかり合ってる、って感じ。どうせオレはガキですよーだ」

「って、剣太郎。羨《うらや》むのはお門違《かどちが》いだぞ。俺から見れば、柊と一緒に学校に通ったおまえが一番羨ましい！」

ドン、とワインボトルを畳《たたみ》の上に置いて力説する圭市に、智哉は呆《あき》れた顔で目を逸《そ》らし……剣太郎は、拗《す》ねたような表情を消して笑《え》みを取り戻した。

「へへん、いいだろー。柊と一緒に、運動会も文化祭も、修学旅行にも行ったもんね」

「く……っそ、俺におむつを替《か》えてもらったくせに！」

「なっ……嘘《うそ》だろっ。圭市とは八つしか離《はな》れていない」

「嘘かどうか、智哉に聞いてみろ。あいつも一緒に、おまえの子守《こも》りをしたんだ」

楽しそうに言い合う圭市と剣太郎に、引っ張り込まれた智哉が大真面目《おおまじめ》な顔で「本当だぞ」

と参戦する。

……頼《たの》もしいサポートが三人もいて、心強いばかりだ。

畳の上にあるワイングラスをジッと見詰《みつ》めた柊は、仲睦《なかむつ》まじい三人のコミュニケーションをシャットアウトして思考を巡《めぐ》らせた。

圭市と智哉のことを、信じていないわけではない。彼らが大丈夫《だいじょうぶ》と言うなら、確かに自分が心配することなどないはずで……でも、やはりなんだか消化しきれていないモヤモヤが残っている。

自分が気に病《や》むことがないように、智哉には言葉《ことば》巧《たく》みに誤魔化されたのではないかと思えて仕方がないのだ。もし桃瀬家に危機が迫《せま》っているのなら、跡継《あとつ》ぎである自分が彼らの庇護《ひご》の下《もと》でのん気に蚊帳《かや》の外へ置かれていいわけがない。

柊にできることは、ほとんどない。でも、なにかしなければならない。現実問題として、経済的な危機を救うためには……。

「宝探し、とか」

そんな一言が頭に浮かんだのは、蔵の整理をしている際、久し振《ぶ》りに書物を目にしたせいだろうか。

宝の地図など、眉唾物《まゆつばもの》だと鼻で笑ってきたけれど、万が一にでも……実在したら？

「宝探しぃ？　って、なにが？」

柊の独り言を聞きつけた剣太郎が、身を乗り出してくる。

子供じみた発想をバカにされると思い、慌《あわ》てて首を左右に振った。

「なんでもないっ。ただの独り言。酔《よ》っ払《ぱら》いの戯言《たわごと》だって、笑え」

「なーんだ。面白《おもしろ》そうって思ったのにさ」

ちぇっ、と唇を尖《とが》らせた剣太郎に、圭市が「おまえ、得意そうだもんな。ここ掘《ほ》れワンワンしてみろよ」とからかう。

「それは、花咲《はなさ》か爺《じい》さん！　バカにすんなよ」

「ははは、悪い。木から落ちたり、棒に当たったり……俺らって、忙《いそが》しいよな。智哉は、あんまり出番がないけど」

「……鳴かなかったら撃《う》たれないからな。沈黙《ちんもく》は金なり」

「雉《きじ》も鳴かずば……ってヤツか。あの話って、怖いっていうより切ないよなぁ」

様々な昔話を持ち出して真顔で語り出した三人をよそに、柊は空のワイングラスを睨《にら》みながら一人で考えを巡らせた。

直球勝負が空振《からぶ》りに終わったのなら、次は変化球か。

父親……はガードが堅《かた》そうだから、のほほんとした母親あたりに探《さぐ》りを入れてみようと決めて、ワインボトルを摑んだ。

空になっていたグラスに半分ほど注ぎ、グッと呷《あお》る。

「あっ、こら柊。そんな量を一気に飲んだら……」

慌てたように制止する圭市の声を無視して、グラスのワインを一気に飲み干し……グラリと上半身を揺《ゆ》らすと、畳に突《つ》っ伏《ぷ》した。

「目が……回る」

自分が、あまり酒に強くないのと……ワインは、アルコール度数が結構高いということを忘れていた。

「柊さんっ。私は水を持ってくる」

「ああ……剣太郎は、布団《ふとん》を敷《し》け」

「了解《りょうかい》っ」

三人が周囲でバタバタしている気配を感じつつ、柊は「慌てて、おかしーの」と笑いながら、瞼《まぶた》を閉じた。

完全に意識がブラックアウトする直前、柊の脳裏《のうり》に浮《う》かんだのは古びた巻物だ。

思い立ったら実行あるのみ。善は急げ。

明日の朝にでも……例の小島の場所と財宝が隠《かく》されているという場所を、もう一度確認《かくにん》しなければ……。

《二》

天井《てんじよう》のスピーカーから、軽快な音楽に続いて、『お待たせいたしました。間もなく着岸いたします』というアナウンスが流れる。

腰《こし》かけていたソファタイプのイスから立ち上がった柊は、甲板《かんぱん》に出て小ぢんまりとした船着き場を見遣《みや》った。

こんもりとした山を中心にした緑の多い島は、すぐそこだ。

潮の香《かお》りを含《ふく》んだ海風が頬《ほお》を撫《な》で、西日を反射する海面の眩《まぶ》しさに目を細めた。

「うー……危なかった」

ところどころ錆《さび》の浮いた手すりを掴み、はぁ……と大きく息をつく。

予想より小さな船だったせいで、波が穏《おだ》やかな内海でも思った以上に揺れた。あと十分……いや、五分到着《とうちやく》が遅《おそ》かったら、船酔《ふなよ》いで動けなくなっていたかもしれない。

エンジン音が変わり、ゆっくりと岸壁《がんぺき》に船体が近づく。

柊の近くで同じように船着き場を見ている五、六歳の子供が、一緒にいる祖父らしき男性と話している声が聞こえてきた。

「おじいちゃん、ここが鬼が島?」

「ああ、そうだよ」

「明日は、鬼の洞窟《どうくつ》に行くんだよね？　鬼が出てきたら、食べられちゃう？」

「大丈夫。鬼が出たら、じいちゃんがやっつけてやる。じいちゃんは、桃太郎より強いんだぞ。この力こぶを見ろ」

「すごーい」

力こぶを作って言い切った祖父の頼もしい言葉に、子供は歓声《かんせい》を上げて彼の脚《あし》にしがみついた。

微笑《ほほえ》ましいやり取りに目を細めた柊は、肩《かた》から斜《なな》め掛《が》けにしてあるバッグの紐《ひも》をギュッと握《にぎ》り締《し》める。

鬼が島、か。

確かに、間もなく柊が降り立とうとしているこの島は、正式名称《めいしょう》とは別に『鬼が島』と呼ばれている。地図に記されている正式名称より、そちらの通り名のほうが有名かもしれない。

その昔、鬼が住処《すみか》にしていたという洞窟があり、テーブルとして使っていたと言われる巨石《きょせき》が遺《のこ》されていたり……と、それらしいロケーションが小さな島のあちこちに点在していて、観光名所にもなっている。

けれどここは、観光客向けの所謂《いわゆる》カモフラージュであり、実際の『鬼の住処』は別にあるのだということは……桃瀬家の関係者と、当の鬼しか知らないはずだ。

祖父の代までは桃瀬家が所有していたその小島には、かつて鬼が全国各地から集めた財宝が今も遺されている……と、桃瀬家所有の書物には記されていた。

ただ、その真偽《しんぎ》は定《さだ》かではない。確かなのは、決して他人の手に渡《わた》さないよう桃瀬家の子孫が管理するようにと言い伝えられていたにもかかわらず、現在の所有者は鬼の子孫……『鬼柳家』なのだ。

何故《なぜ》、祖父の代に所有権が移ったのか。

鬼柳家の先代と茶飲み友達だった祖父が、賭博《とばく》に負けて形代《かたしろ》として差し出したと……あまりにも馬鹿《ばか》げた理由が本当かどうか、当人亡《な》き今では確認する術《すべ》はない。

その、かつて『鬼の住処』と呼ばれていたところから当の鬼を追い出した桃太郎は、鬼が方々から集めた『金銀財宝』をお伴《とも》の『雉・猿《さる》・犬』と共に鬼退治の成果として持ち帰った。

ただ、そうして島外に持ち出した以上の『鬼の財宝』を、密かに小島の一角に隠しておいたのだということは昔話では一切《いっさい》語られていない。

この、狭《せま》い国土……現代日本で、隠し財産など馬鹿げている。柊はそう高を括《くく》っていたのだけれど、少し調べてみるとなかなか興味深い実例があった。

有名なものでは、徳川埋蔵金《とくがわまいぞうきん》。それだけでなく、戦国武将やら地方の豪族《ごうぞく》やらが裏山に資産を隠したという話は多々ある。

宝探しと言えば陳腐《ちんぷ》な響《ひび》きだが、わずかながらでも可能性があるのならジッとしていられなかった。

「財政危機……か。おれに言っても無駄《むだ》だって、思われてるんだろうな」

さりげなく探りを入れた柊の耳に届いたのは、智哉や圭市が語るような楽天的なものではなかった。

事実、柊が知ったところでどうなるわけでもないのだが……。

「不渡《ふわた》りって、確か二回出したら倒産《とうさん》なんだよなぁ」

一度はギリギリで切り抜《ぬ》けたようだが、次は……どうだろう。

学生の柊でも、「ヤバい」と感じているのに、母親はティーカップを片手にあっけらかんと語ったのだ。

経済的な余裕《よゆう》がないのに母親が呉服《ごふく》屋や百貨店の外商を呼びつけるのは、見栄《みえ》というくだらないものではなく……身に染《し》みついた生活習慣を捨てられないせいだ。元華族《かぞく》の家系に生まれてからずっと、なに不自由なく生きてきた母は、現在の桃瀬家の家計が逼迫《ひっぱく》していると聞かされても現実的な危機感が湧《わ》かないのだろう。

どうしたら、少しでも役に立てるのだろう。なにをしよう……と考え、思いついたのが『宝探し』というあたりは、我ながら短絡《たんらく》的というか子供じみているとわかっているが、他《ほか》に自分ができそうなことはなにもなかったのだ。

大学が夏休みなのをいいことに、思いつくまま家を出てきたのはいいけれど、具体的なプランがあるわけではない。

「行き当たりバッタリ、ってこのことだよな。我ながら、無鉄砲《むてっぽう》」

こうして、目指す島がすぐそこに迫《せま》り……今さらながら、ほんの少し不安になってきた。

手すりをグッと握り、再び特大のため息をついた柊の耳に、先ほどから楽しげに交《か》わされている祖父と孫の会話が届く。

「桃太郎は、どうやって怖《こわ》い鬼をやっつけたの?」

「そうだなぁ……歌にもあるだろう。雉《きじ》と猿と犬を、キビ団子をあげてお供にして、鬼の隠れ家《が》に攻《せ》め込んで……」

こうしてすぐ傍《そば》に『桃太郎』の子孫がいるなどと、予想もつかないのだろう。初老の男性は、身振《みぶ》り手振りを交えて孫に鬼退治の様子を語っている。

船と岸壁を繋《つな》ぐ桟橋《さんばし》がかけられ、柊は『桃太郎と鬼退治』について熱く語っている二人に背を向けた。

「民宿はどっちだ?」

事前に情報を書き留めてあったメモは、無造作にポケットに入れてあったせいでクシャクシャになっている。

「……船着き場から、徒歩十五分か。切符《きっぷ》売り場の建物を左……っと」

皺《しわ》を伸《の》ばして向かうべき方向を確認《かくにん》すると、再びメモをポケットに押し込んで、アスファルト舗装《ほそう》された道をゆっくりと進んだ。

普段《ふだん》は釣《つ》りを目的としたレジャー客等を対象にしている民宿は、簡素な造りだった。隅《すみ》に布《ふ》団《とん》が積まれた畳敷《たたみじ》きの六畳《じょう》の部屋には、小さなテレビとテーブル、湯沸《ゆわ》かし用のポットがあるのみだ。

けれど、二食付きで五千円という宿泊《しゅくはく》代金を考えると文句など言えないと、『お坊《ぼっ》ちゃん』呼ばわりされる柊にもわかる。

明確に期限を定めず「しばらく」とした滞在《たいざい》理由を『大学のフィールドワーク』だと説明した柊に、八十が近いだろう女将《おかみ》は島のことについていろいろ説明してくれたけれど、実際の目的を隠《かく》している柊は素朴《そぼく》な島民の親切が少し心苦しい。

「でも、まさか……鬼の財宝探しだなんて、言えないよなぁ。まぁ、そんなことを言っても笑われるだけだろうけど」

一度は布団に横たわったけれど、なかなか寝付《ねつ》かれなくて民宿を出た柊は、夜風を浴びて海岸沿いを歩きながら頭上を仰《あお》ぎ見た。

「すご……星って、こんなにあったっけ」

見渡《みわた》す限《かぎ》りの夜空一面に、星がキラキラしている。

深夜でも明るい都心とは違《ちが》い、かすかな星の瞬《またた》きを邪魔《じゃま》するネオンなどの光源がないせいか、見事な夜空だ。

波の音に誘《さそ》われるように防波堤《ぼうはてい》の際まで歩いて足を止めると、コンクリートの壁《かべ》に手をかけて海に身を乗り出した。

手のひらからは、ザラッとした手触《てざわ》りと共に仄《ほの》かなぬくもりが伝わってくる。

日中にたっぷりと太陽の光をあびているだろうから、そのぬくもりが夜になっても残っているに違いない。

「あの島、かな。それとも、あっち……か？」

柊の視線の先には、赤く点灯する燈台《とうだい》のものらしき光がある。

このあたりには無数の小島が点在しているので、アレではなく……その隣《となり》に見える、こんもりとした島かもしれない。

しばらく海上を眺《なが》めていた柊は、防波堤についていた手をギュッと握り締めた。

「とりあえず、明日には例の島に渡らないとな。問題は、どうやって……ってことだけど、泳いでっていうのは無理かなぁ」

明るくなれば、目的の島がどれか判明するはずだ。残る最大の問題は、どんな手段で目的の島に渡ればいいか……ということだ。

近くに見えても、さほど泳ぎが得意ではない柊が自力で海を渡るのは無謀《むぼう》だろう。

浮《う》き輪……いや、ゴムボートを使っても現実的ではない。

「うぅぅ」

無意味な唸《うな》り声を零《こぼ》しても、良案が浮かぶわけではない。無計画にここまで来たけれど、やはり自分一人の力では限界があることを思い知らされる。

周囲に庇護《ひご》されるばかりは嫌《いや》だ？

……結局、自力でなにもできないのではないか。

目の前に立ち塞《ふさ》がった『現実』という壁に肩《かた》を落としたところで、防波堤の陰《かげ》から黒い影《かげ》が現れた。

防波堤の向こうは、海なのにっ!!

「うぎゃーー！」

怪奇《かいき》現象に驚《おどろ》いた柊は、無様な悲鳴を上げて慌《あわ》てて足を後ろに引いた。

飛び退《の》いたつもりなのに、踵《かかと》がどこかに引っかかったらしく派手な尻《しり》もちをついてしまう。

「いてっ！」

尻から衝撃《しょうげき》が伝わってきて、眉《まゆ》を顰《ひそ》めた。素早《すばや》く立ち上がることができず、アスファルトの道路に座り込んだまま激しく頭を左右に振《ふ》る。

「うわわわ、来るなっ。海坊主《うみぼうず》！」

海に現れる化け物の名前は、それしか知らない。

パニック状態の柊は、ギュッと目を閉じて右手を振り回しながら、

「成仏《じょうぶつ》してください！」

と続ける。

怖い、怖い、怖いっ！　どんなモノがそこにいるのか……見たくないっ！

無我夢中で、「悪霊《あくりょう》退散」だとか「南無阿弥陀仏《なむあみだぶつ》」だとか「アーメン」だとか、ホラーの類《たぐい》に効果がありそうなものを捲《まく》し立てる。

そうして、どれくらい時間が過ぎたのだろう。

恐怖《きょうふ》に駆《か》られた柊にとって、とてつもなく長く感じる数分が経《た》ったところで、突如《とつじょ》耳に飛び込んできたのは……。

「っ、く……くくくっ、あはははははっっ」

「ぅ……え？」

この場にそぐわない、朗《ほが》らかな笑い声だ。

肩透《かたす》かしを食った形になった柊は、固く閉じていた目を恐《おそ》る恐る開く。一番に目に飛び込んできたのは、淡《あわ》い光だった。

ランタン型の……ライトが点《とも》されているようだ。その光で、目の前に立っている人影《ひとかげ》がハッキリ目に映った。

長身の……男の人、だ。

「大丈夫《だいじょうぶ》か？　あまりにもわかりやすく驚かれたから、俺のほうがビックリした」

「足……がある」

「ああ。ついでに、坊主《ぼうず》でもないぞ。ほら」

呆然《ぼうぜん》とつぶやいた柊に答えたその人物は、自分の顔の脇《わき》にライトを上げた。

確かに、坊主ではない。ダークブラウンの髪《かみ》が、ふさふさと……。それも、海坊主呼ばわりしたことが申し訳ないほど、整った容貌《ようぼう》の青年だ。二十歳《はたち》という実年齢《じつねんれい》より幼く見られがちな柊より、いくつか年上だろう。

「立てるか？」

「はぁ……どうも」

顔の前に大きな手が差し出されて、反射的に自分の右手を重ねる。力強く引き上げられ、勢い余って彼の胸元《むなもと》に突《つ》っ込んだ。

「うわっ、すみません。……重ね重ね」

慌てて青年から身体《からだ》を離《はな》し、ぺこぺこと頭を下げる。

いい年をして、落ち着きがない。これだから、あの三人には「いつまでも子供」だと笑われるのだ。

「こちらこそ。さっきも今も……驚かせて悪かったな。予想より軽かったせいで、力加減を誤った」

クククッと肩を震《ふる》わせた青年は、身体を捻《ひね》って防波堤の外側から現れた理由らしきものを桟の前に並べた。

釣竿《つりざお》が三本と……ビニールのバケツ、小物が収まっているらしい、工具箱のようなプラスチックのケース。

説明されるまでもなく、彼がここでなにをしていたのか推測できる。

「なにが釣れるんですか？」

「今の時季は、鱚《きす》が釣れる。美味《うま》い……らしい。防波堤の外側に消波ブロックがあって、その端《はじ》っこから釣り糸を垂らすのが絶好の穴場……だと地元の人に教えてもらったんだが、俺にはハードルが高かったみたいだ。さっぱりだから、初心者向けのところに場所を変えようと思ったところだったんだ」

苦笑《くしょう》した彼が指差したビニールバケツは、見事に空っぽだった。

夜釣《よづ》りをしていて、場所移動のために防波堤の向こうから上がってきたところで、タイミングよく自分と鉢合《はちあ》わせをしたのか。

「はぁ……驚きました」

「はは、悪い。で、君は？　こんな夜中に、手ぶらで。釣りポイントやなにが釣れるか知らないってことは、地元の人じゃないよな？」

「……散歩です。近くの民宿に滞在しているんですけど、寝《ね》つけなかったので」

夜釣りをしていたこの人と自分では、明らかに柊のほうが不審者《ふしんしゃ》だ。

目的なくふらふらしていたわけを簡単に話すと、彼は「へぇ」と仄かな笑《え》みを浮かべた。

「暇《ひま》なら、つき合う？　釣竿、一つ貸すよ」

「い、いえ。お邪魔《じゃま》でしょうから っ」

顔の前で両手を振って、誘いを辞退する。

随分《ずいぶん》と人懐《ひとなつ》っこいというか……気さくな人のようだ。せっかく誘いかけてくれたけれど、のん気に釣りを楽しむ気分ではない。

「邪魔じゃないよ。休暇《きゅうか》でこの島に来たのはいいけど、あまりにも長閑《のどか》で少し退屈《たいくつ》していたところだったんだ。嫌かな？」

嫌か、と尋《たず》ねられたら「いいえ」としか返しようがない。しゃべり口調は丁寧《ていねい》なのに、なかなかに強引《ごういん》なところがあるらしい彼は、

「じゃ、決まり。はい、どうぞ」

と、柊の手に釣竿を握《にぎ》らせた。

投げ捨てて逃《に》げ去ることもできず、おずおずとうなずく。

気分転換《てんかん》になるかと、前向きに考えよう。それに……衝動《しょうどう》的にこの島までやって来たのはいいけれど、ほんの少し心細くなっていたのだ。

いつも柊の傍《そば》には、雉《きじ》・猿《さる》・犬の名を持つ三人のうちの誰《だれ》かがいてくれた。独りきりになることなど、皆無《かいむ》だったと言っていい。

こうして、三人の目を盗《ぬす》んで一人で家を飛び出したのは柊自身の意図なのに、半日も経たないうちにもう心細くなるなんて……みっともない。

沈《しず》んだ気分になっている柊の事情など知る由《よし》もない彼は、これまでどおり親しげに話しかけてくる。

「あっちの、漁港のほうだと初心者向けスポットらしいから行ってみよう。って、君は釣りをしたことは……？」

「ないです。あ、餌《えさ》のつけ方もわかんない……かも」

初心者どころではない、それ以前の問題だと気がついて愕然《がくぜん》とつぶやいた。

さすがに、足手まといだと疎《うと》ましがられるのではと不安が込み上げてきたけれど、青年はそんな柊の不安を笑い飛ばす。

「ははは、それはよかった。もし君のほうが俺よりずっといい腕《うで》をしていたら、ちょっと恥《は》ずかしいなぁ……と心配になったから。餌のつけ方くらい教えるよ。お遊びだから、気軽に釣り糸を垂らしたらいい」

「よろしく、お願いします。あ、荷物一つ持ちますっ。持たせてください」

彼の手からビニールのバケツを受け取って、海沿いの道を歩く。

消波ブロックに波が当たる音なのか、ザザン……と規則的な水音が耳に届いて心地《ここち》いい。海からの風も気持ちよくて、断りきれずに夜釣りをすることになって正解だったかな……と、数歩前を歩く青年の背中を見詰《みつ》めた。

小ぢんまりとした漁港には、地元の人が所有する漁船らしい小型の船がいくつか係留されていた。

湾《わん》と外海との境あたりに腰《こし》を据《す》えることにして、転落防止の車止めに座り込むと青年と並んで釣り糸を垂らす。

「いい風だな」

「そうですね。普段《ふだん》の生活で海を見ることはないけど、夜の海ってこんなに気持ちいいんだな」

隣《となり》の青年に同意して、髪を揺《ゆ》らす海風に目を細める。

さっきまでいた防波堤《ぼうはてい》のところよりも、視界が広い。ここからだと、柊が目的としている小島らしきものがハッキリ見て取れた。

「この島って、鬼が島……って呼ばれているんですよね」

月に照らされた島影《しまかげ》を眺《なが》めながら、さりげなく口に出す。青年も、世間一般《いっぱん》に認知《にんち》されているこの島の通称《つうしょう》を知っているはずだ。

唐突《とうとつ》な柊の話題に、あっさりとうなずいた。

「ああ、らしいね。島の中、あちこちに鬼の痕跡《こんせき》らしきものがある。ねぐらにしていた洞窟《どうくつ》とか、大きな岩のテーブルとか……見てきた？」

「いえ、おれ、今日……っと、もう昨日ですね、の夕方に島に着いたばかりなので、全然観光とかしていないんです」

「そうか。民宿に滞在《たいざい》してるって言ってたけど、一人？　あ、学校の合宿とか……かな。高校生だろ？」

最後の一言に引っかかりを覚えた柊は、「ん？」と眉《まゆ》を顰《ひそ》めて一メートルほど離れた位置にいる青年に顔を向ける。

ちょうど彼もこちらを見たところだったらしく、バッチリと目が合った。

この周辺にはいくつか街灯が設置されているけれど、街の中にあるものほど明るくはない。かろうじて、互《たが》いの顔が見て取れる程度だ。

「おれ、大学生です。二十歳、過ぎてるんですけど……」

「……すまない。てっきり、高校生くらいだとばかり」

右手で自分の頭を掻《か》きながら申し訳なさそうに謝罪する彼に、苦笑いを滲《にじ》ませて肩《かた》を上下させた。

予想はついていたが……やっぱり。

初対面の人には、たいてい実際の年齢《ねんれい》より二つ三つ下に見られるのだ。友人たちと訪《おとず》れた居酒屋で入店を拒否《きょひ》されたことも数え切れない。二十歳《はたち》を超《こ》えていると主張しても、笑って取り合ってくれないことさえある。

「慣れていますので、お気になさらず。おれ、やっぱり童顔……ですよね」

智哉や圭市、剣太郎によれば、幼く見えるのは外見だけが原因ではないらしい。口の悪い友人にも言われたことがあるけれど、お坊《ぼっ》ちゃん育ちの毒にも薬にもならないのんびりとした性質が、オーラに滲み出ているせいだ、と。

はぁ……と、再び大きなため息をついた柊に、彼はフォローを試みてくれる。

「童顔って、悪いことじゃないと思うけどな。ほら、最近の女の子は男臭《くさ》いより草食系男子が好きって子も多いみたいだし、整った顔をしているからモテるんじゃないか？」

……イイ人だ。

賢明《けんめい》に『童顔』の利点を挙げてくれる人に、反発するようで申し訳ないが……。

「モテません。アナタに言われても、あまり説得力がないです」

こんな、完全無欠なイケメンに『モテるだろう』などと言われたら、ますます萎《しぼ》んだ気分になる。

先ほど、前を歩いていた彼の頭の位置から推測するに、身長は百六十八センチの柊より十五センチは高い。デニム地に包まれた腰の位置も高くて、足の長さを察せられる。隣に並びたくないレベルだ。

上背だけでなく、肩幅《かたはば》や……身体《からだ》の厚みも、未《いま》だに難なく高校の制服を着ることができる柊とは比べ物にならないほど成熟した男のものだった。

こうして仄《ほの》かな街灯の下でも、整った容貌《ようぼう》が見て取れる。今となっては、海坊主《うみぼうず》などと間違《まちが》っても口にできない。

「草食系って、ヤギやヒツジ……兎《うさぎ》とか？　そんなふうに言われて喜ぶ男なんかいないと思うのに、女の子ってさりげなく酷《ひど》いことを笑って言いますよね。カワイイなんて言葉も、全っ然褒《ほ》め言葉じゃないのに」

大学の女の子たちは、柊を人畜無害《じんちくむがい》な草食動物と認識しているらしく、無遠慮《ぶえんりょ》に「カワイイ」を連発する。

嬉《うれ》しくないと主張しても笑って流されるのみで、女の子に対する苦手意識が深まる一方だ。

拳《こぶし》を握って力説する柊に、彼は「まずいコトを言ったか」とつぶやいて、ポンポンと肩に手を載《の》せてきた。

「まぁまぁ、そんなに憤《いきどお》るな青少年。男っぽくなるのはこれからだ。そのうち、可愛《かわい》いなんて言ってもらえなくなる。……大学生、か。じゃあ、サークルの合宿とか？」

「あ、いえ……合宿とかじゃなくて、おれ一人です」

さしたる目的もなく、ふらりと一人でこの小さな島を訪れるというのは、不自然だろう。

「一人で?」

不審《ふしん》というより不思議そうに聞き返してきた彼に、一拍《いっぱく》置いて、予《あらかじ》め用意しておいた建前を続ける。民宿に泊《と》めてもらう際に説明したものと、同じ文言だ。

「えーっと、おれ……大学で地質学を専攻《せんこう》していて、レポートの材料にするためにこの島を選んだんです」

「ああ、そういやここや周りの小島には、独特な岩や地層があるんだったか」

このあたり一帯の島には独自の地層があり、岩石も特殊《とくしゅ》なものが多いということは事実なので、不審がられることはないはずだ。

それに、実際に柊は大学で地質学を学んでいる。本来の目的は別にしても、この島は魅力《みりょく》的だった。

「鬼が島、かぁ。大昔、本当に鬼が住んでいたと思う?」

不意に隣の彼がそんなことを口にして、柊はそろりと顔を横に向けた。

子供ではあるまいし、立派な大人の男性が『鬼』を話題にするのは少し変わっている。もしかして、柊を子供扱《あつか》いしてからかっているのではないかと疑ったのだが、ジッと海を見ている彼は真顔だった。

だから柊も、暗い海面に漂《ただよ》っている浮《う》きの小さな光を見詰めながら、真面目《まじめ》に言葉を返す。

「わかりません。鬼の伝説については、いろんな説があるみたいですし。子供向けの絵本だと、桃太郎が鬼をやっつけて財宝を村に持ち帰った……っていうのが主流ですよね」

「ああ。正義の味方が、鬼退治か。典型的な勧善懲悪《かんぜんちょうあく》のおとぎ話だな」

淡々《たんたん》と返してきた彼に、柊はグッと眉間《みけん》に皺《しわ》を刻んだ。

そうだ。子供向けの絵本では、雉《きじ》・猿《さる》・犬のお供を連れた桃太郎が鬼を退治して、財宝を持ち帰った……となっている。

村人や育ての親に感謝されて、ハッピーエンドだ。勇猛果敢《ゆうもうかかん》な、正義の味方と語られているけれど……。

「おれは、桃太郎が正義の味方って、言いきれないと思うんですけど」

立場的に桃瀬の関係者には決して語れないことだが、知らない人が相手だからこそ口にできる。

柊がそんなことを言い出すと思わなかったのか、青年は意外そうな声を上げた。

「……へぇ？　なにを根拠《こんきょ》に？」

「だって、桃太郎自身は鬼に直接なにかされた……ってわけじゃないでしょう。鬼が具体的にどんな悪事を働いていたのかも、たいていの絵本では語られていないし。姿が異形なだけで『鬼』って呼ばれた上に、突然《とつぜん》住処に乗り込んでこられて討伐《とうばつ》されて……大事な宝物を奪《うば》われたりした鬼は、桃太郎を恨《うら》んでいるんじゃないかなぁ、って」

ベーシックな『桃太郎』の絵本だと、どちらが悪者かわからないのでは。

そう口にした柊に、青年は無言だった。しばらく、なにやら考えているような沈黙《ちんもく》があり……クスリと笑う気配がする。

「そういう説もあるな。後付けっぽいけど、もともと鬼の財宝は桃太郎の村から奪われたもので、桃太郎は取り返しに行っただけだ……とか。あと、最近の桃太郎の絵本は妙《みょう》にソフトになっているだろ。知ってる？」

「はぁ……アレですか？ 太刀《たち》を振《ふ》り回しての討伐とか成敗だとかの暴力行為《こうい》は野蛮《やばん》だから、桃太郎と鬼は話し合いで平和的に解決した、ってやつ。でも、それじゃあ財宝はどうなるんだ、って感じですよね」

少し前、剣太郎が書店で見かけたから面白《おもしろ》がって買ってきた、幼児を対象とした絵本を思い出す。

子供向けの絵本やアニメから暴力行為を排斥《はいせき》しようとするのは、昨今の風潮だが……矛盾《むじゅん》が生じるばかりか、原形を留《とど》めないのはいかがなものだろう。

首を捻《ひね》る柊に、青年は「ははは」と声を上げて笑う。

「そうそう、それ。昔話を捻じ曲げた人間は、矛盾に気づかないのかねぇ。しかし、君の考えも面白いな。研究者の中には、そうして鬼側に立って分析《ぶんせき》する人もいるけど」

「おれが鬼の立場なら、桃太郎は……嫌《きら》いだな。平和に暮らしていたところに、奇襲攻撃《きしゅうこうげき》されて……どうして、って泣いてたかも」

子供の頃《ころ》から、桃太郎は正義だと教え込まされてきた柊がこんなふうに考えるのは、鬼に対する罪悪感があるせいかもしれない。

桃瀬家と鬼柳家は何百年か敵対していると言われているが、祖父のように鬼柳の人間を友人と呼ぶ変わり者もいるのだ。今となっては不可能だけれど、祖父と『桃太郎』について話してみたかった。

シン……と静かになったところで、ふと青年が声のトーンを変えた。

「おっと、引いてないか？」

「え……っ、あっ、あ……どうしたらっ」

指摘《してき》された通りに、海面に浮いていた浮きが不自然に揺《ゆ》れている。釣竿《つりざお》を持つ柊の手にも、ビクビクと引っ張られている感覚が伝わってきた。

でも、これをどうすればいいのか……おろおろしていると、立ち上がった青年が脇《わき》から手を出してくる。

「リールを巻くんだ。ゆっくり……そうそう」

「っ……えいやっ」

不器用な手つきだったと思うが、教えられたとおりにリールを巻いて……バタバタ動く魚を釣り上げることに成功した。

青年が釣り針《ばり》を外してくれて、ビニールのバケツに放つ。鱗《うろこ》がキラキラライトの光を反射して、キレイだ。

「ビギナーズラックって言うんですかね。初めて釣った！」

「立派。天ぷらにしたら美味《おい》しいらしいけど……」

「……海に帰してあげて、いいですか？　食べるの、ちょっと可哀《かわい》そうかも」

「いいよ。君が釣り上げたんだ。好きにしたらいい」

しゃがみ込んで一緒《いっしょ》にバケツを覗《のぞ》き込んでいた青年は、柊が口にした子供じみた「可哀そう」という一言に、クスクスと肩《かた》を揺らした。

それでも、バカにされている雰囲気《ふんいき》ではないので、黙《だま》ってバケツの中を泳ぐ魚を見詰《みつ》める。

先ほどの鬼の話ではないが、この魚もどうしてこんなところにいるのか……我が身になにが起こっているのか、わからないのだろう。ビニールバケツの縁《ふち》に沿って、グルグルと泳ぎ続けている。

「もう、海に放していいですか？」

見ていられなくなり、バケツに手をかける。バケツ越《ご》しに柊と目が合った青年は、微笑《びしょう》を浮かべてうなずいた。

「うん。落ちないように気をつけて」

岸壁《がんぺき》の端《はし》から、バケツの中の水と一緒に魚を海に戻《もど》す。

釣りを続ける空気ではなくなってしまったのか、青年は垂らしていた釣り糸を巻き戻して竿《さお》を片づけ始めた。

「これ、ありがとうございました。楽しかった。でも……すみません。おれ、せっかくの釣りに水を差したみたいで」

楽しんでいる人に向かって、「釣りは残酷《ざんこく》だ」みたいな言い方をしてしまったことを反省する。

俗《ぞく》に言う、空気が読めない人だ。

不愉快《ふゆかい》な思いをさせてしまったはずなのに、彼は機嫌《きげん》を損《そこ》ねた様子ではない。やんわりとした声で返してくる。

「いや、もともと暇潰《ひまつぶ》しのために釣りでも……って思っただけだから。俺が漁師だと、怒《おこ》ったかもしれないけどね。オマエも魚を食うだろ、生ぬるいキレイごとを言ってんじゃねぇ……ってさ」

「う……確かに、その通りですね。天ぷらも刺身《さしみ》も、好きです。ダメだなぁ……おれ」

子供じみた感傷で、釣った魚を海に帰すという行動に出てしまったけれど、彼が言うことも尤《もっと》もだ。

いろんな意味で子供じみていることを思い知らされた気分になり、ますます肩を落とした。

「偉《えら》そうに言ったけど、俺も魚を捌《さば》けないから……お互《たが》い様だ。釣れたとしても、料理は人任せだからな。真面目だなぁ」

片づけを終えて立ち上がった彼に、ポンポンと頭に手を置かれて、チラリと視線を上げた。あからさまに柊を子供扱いする仕草だけれど、さほど歳が離《はな》れているようには見えない。きっとこの人も、二十……半ばだ。

「あの、お兄さん……って呼ぶのも、変ですよね」

「ああ、そういやそうだ。俺も、君の名前を聞いていなかった」

今さらなことに、互いに気がついて……マジマジと顔を見合わせる。そうして数秒目を合わせていたけれど、ほぼ同時に「ぷっ」と噴《ふ》き出した。

「あはは、のん気……っていうか」

「っくく、そうだな。どうして、名前を聞こうと思いつかなかったんだろう」

岸壁の端で向かい合って、ひとしきり二人で笑っていたけれど、大きく息をついて呼吸を整えた。

「おれ、桃瀬柊です」

「モモセ……？　って、桃太郎の桃の字？」

わずかに目を瞠《みは》ってそう口にした彼は、マジマジと柊の顔を見下ろしてくる。

なんだろう。ものすごく不思議なモノを見ているみたいな目だ。

「あ、はい。百じゃなくて、果物の桃のほう……です」

モモセと言えば、たいていは「数字の百？」と聞き返される。最初から、果物の桃のほうかと聞かれるのは珍《めずら》しい。それも、ついさっき桃太郎の話をしていたせいか、果物ではなく桃太郎を引き合いに出されてしまった。

唇《くちびる》を引き結んでジッとこちらを見据《みす》えている彼を見上げて、わずかに首を傾《かし》げる。

「えと、桃……です、が」

それがどうかしたのかと尋《たず》ねようとしたところで、彼が言葉を続けた。

「可愛《かわい》い名前だな」

「……子供の頃は格好のからかいネタだったので、あまり嬉《うれ》しくありません。桃ちゃんとか、ピーチ姫《ひめ》とか……散々でした」

彼の口から出た可愛いの一言に、思わず本音を零《こぼ》して唇を尖《とが》らせた。

最大の理由は、『桃太郎』の子孫云々《うんぬん》だったのだが……わざわざ、この場面で彼に語ることはないか。

「それは悪かった。……そうか、桃瀬柊くん……っと。俺の名前はね、トウジ。藤《ふじ》と司《つかさ》で、藤司だ」

右手を摑《つか》まれたかと思えば、手のひらを上に向けられて、指先ですらすらと『藤司』という字を書かれる。

「藤司……さん？」

「うん。その顔は、わかってないな。そっか。……桃太郎の話とか、なんとなーく引っかかるなぁって思っていたら……」

「……え？」

わかっていないとは、なにが？　それに、桃太郎がなに？

そんな疑問に、パッと顔を上げる。視線が絡《から》んだ彼……藤司は、目を細めて柊を見下ろしていた。

「あの、桃太郎が」

「そこにある小島……知ってる？」

どういう意味だと尋ねようとしたところで、藤司が海に目を向ける。釣《つ》られた柊も、言葉の続きを飲み込んで沖合《おきあい》に視線を移した。

「この島より面積は小さいけど、少し離れた海上の船からだと似たフォルムの島が並んで見えるせいで、ここと双子《ふたご》島って呼ばれているんだ。この島とは数百メートルしか離れていないのに、簡単に渡《わた》れない。あいだに大きな岩がいくつもあるせいで潮の流れが複雑になって、渦《うず》が巻いているところもある。危険なことを知らない観光客が気軽に泳いで渡ろうとして、事故も起きてる」

「あ、はい。えっと、すぐ近くなのに、この島とはまた少し違《ちが》った独特の地質なんですよね。花崗岩《かこうがん》の一種なのに、そこでしか採れない岩石があったり……実際に見てみたいんですけど、おれもどうすれば行けるかわからなくて」

藤司が指差した『そこにある小島』は、記憶《きおく》に間違《まちが》いがなければ柊が本来目的としている小島だった。

観光客向けのこととは別の、桃瀬家に言い伝えられている、本物の『鬼《おに》の住処』だ。桃瀬家の蔵《くら》にあった巻物には、あの島に『鬼の財宝』が隠《かく》されていると記されていた。

こうして岸から眺《なが》めていれば近くに見えるけれど、海面が一部白くなっていて彼が言うとおり海流が渦巻《うずま》いているのがわかる。事故が起きていると聞かされなくても、もともと泳ぎが得意ではない柊は泳いで渡る気になどなれない。

「行ってみたい……って、興味ある？　どうして、って聞いてもいい？」

「……学術的に、です。実際に、見てみたいなぁ……って」

「そうか、学術的に……ね。憶《おぼ》えてない……か」

なにやら思案していたようだが、追及《ついきゅう》されたらどうしよう……とドキドキする柊を知っているかのように、それ以上深く尋ねてくることはなかった。

その代わりに、柊が予想もしていなかった言葉を続ける。

「小型のプレジャーボートだけど、船を出してあげようか。俺、船舶免許《せんぱくめんきょ》を持ってるよ」

「えっっ、本当ですかっ？」

言葉どおりに、渡りに船だ。

パッと藤司を見上げた柊の目は、子供のようにキラキラ輝《かがや》いているに違いない。クスリと笑われてしまう。

「うん。こんな辺鄙《へんぴ》な島にまで来る勤勉な学生を、ちょっとだけ手助けだ。じゃあ……朝、九時にここで待ち合わせよう。それでいい？」

「もちろんですっ。ありがとうございます！」

不気味がられそうだから思い止《とど》まったけれど、手を握《にぎ》り締《し》めてぶんぶん振《ふ》り回したいくらいありがたい申し出だった。

「じゃあ、朝に」

「はい。あ、釣り道具を貸してくださってありがとうございました」

うきうきとうなずいた柊は、うっかり忘れるところだった礼を口にすると、明朝の約束を胸に仕舞《しま》って藤司と別れた。

チラリと脳裏《のうり》を過《よぎ》った疑問、名乗り合った際に藤司が小さく口にした「わかってないな」という不思議な一言や、その後のどことなく意味深な言葉の数々など、キレイさっぱり頭から吹《ふ》き飛んでいた。

《三》

翌朝は、雲一つない晴天だった。

民宿の経営者が用意してくれた朝食を摂《と》り、いそいそと藤司と待ち合わせをしている漁港へ向かう。

早足で歩いていた柊は、漁港が見えてきたところで歩みを緩《ゆる》ませた。

「藤司さん……って、この島の住人じゃないみたいだよなぁ。でも、船とか持ってたり、ちょっと謎《なぞ》の人だ」

昨夜、藤司と別れて民宿に戻《もど》り、布団《ふとん》の中で考えたことをポツリと口にする。

それを言うなら、自分もなかなかの不審《ふしん》者だが……。

「そろそろ、電源を入れないとまずいよなぁ」

ジーンズのポケットに突《つ》っこんでいるスマートフォンを、デニムの生地《きじ》越しに撫《な》でて嘆息《たんそく》した。

智哉と圭市、剣太郎の三人は今頃《いまごろ》柊の行方を追っているに違いない。

友達のところに泊《と》まるという書き置きは残してきたが、スマートフォンの電源を入れていないのは不自然だろう。

どこでなにをしているのだと、追及されたら嘘《うそ》が下手《へた》な柊は誤魔化《ごまか》しきる自信がないので、連絡《れんらく》ツールをわざと遮断《しゃだん》しておいたのだ。

あとは、GPS機能を使って居所を突き止められないように、という思惑《おもわく》もある。

けれど、いつまでもオフにしておくのも問題かと嘆息して、仕方なく電源を入れた。ズラリと表示された着信履歴《りれき》に、「ぅわ……やっぱり」と眉《まゆ》を顰《ひそ》める。

予想はついていたけれど、『智哉』と『圭市』と『剣太郎』のオンパレードだった。留守番電話にも、この三人からのメッセージがギッシリ入っているに違いない。

「うぅぅ、聞きたくない」

黙《だま》って家を出てきたことだけでなく、スマートフォンの電源をオフにしていたことも含《ふく》めて、説教されるだろうなぁ……とため息をつく。

「柊くん！　おはよう」

「あ、おはようございますっ」

漁港に足を踏《ふ》み入れたところで、端《はし》のほうから名前を呼ばれた。手を振る藤司に、スマートフォンをジーンズのポケットに戻しながら小走りで駆《か》け寄る。

あの三人のフォローは、後回しだ。それに、こちらがリアクションを起こさなくても、また誰《だれ》かが電話をかけてくるに違いない。

「すみません、お待たせしましたか？」

「いや、時間ピッタリだよ。俺は準備をするために、少し早く来たんだ。乗って」

小型のプレジャーボートと聞いていたけれど藤司が指差したのは、失礼ながら想像よりずっと立派な船だった。

真っ白な船体が眩《まばゆ》い朝日を反射していて、キレイだ。

そして、先に甲板《かんぱん》へと乗り上がり、柊に手を差し伸《の》べてくる藤司は……気障《きざ》な仕草を嫌味《いやみ》にも感じないほど、いい男だった。

白地に爽《さわ》やかな薄《うす》水色のストライプが入ったシャツ、ダメージ加工のない落ち着いた黒のジーンズ、サングラス。

どれもが、藤司の『イケメン』度を押し上げている。

シンプルな白いパーカーに、クロップド丈《たけ》のジーンズという服装の柊は、さぞ子供じみて見えることだろう。

「どうかした？」

動きを止めてマジマジと藤司を見詰《みつ》めていた柊に、ほんの少し首を傾《かし》げて尋《たず》ねてくる。サングラスのせいで表情はハッキリ見えないけれど、変な奴《やつ》だと思われてしまったかもしれない。

「い、いえ。じゃあ……遠慮《えんりょ》なく」

実際の年齢《ねんれい》より子供っぽいのは、今さらだ。嘆《なげ》いても仕方がない。

ため息を呑《の》み込み、遠慮なく藤司の手を借りてプレジャーボートに乗り込んだ。

係留していたロープを外して操舵室《そうだ》に入る藤司の後ろに、おずおずとついて行く。

「邪魔《じゃま》しないので、見てていいですか？」

「どーぞ。島まで、すぐだよ。岩を避《よ》けてぐるっと大きく回り込むから、ちょっと遠回りになるけど……十五分から二十分くらいかなぁ」

そう言って舵《かじ》を握った藤司が、ゆっくりとボートを発進させる。その横顔を窺《うかが》い見た柊は、心の中で格好いいなぁ……とつぶやいた。

外見は粗探《あらさが》しが難しいほどの男前で、正確にはわからないけれど二十代半ばくらいの年で船を持っているということは、結構なお金持ちで……。

これは、モテるだろうなぁ……と、純粋《じゅんすい》に感嘆《かんたん》の息をつくしかない。ここまで見事だと、僻《ひが》む気さえ起きなかった。

柊も、地元では名士と呼ばれる旧家の子息というやつだ。小学生時代から剣太郎が『お供』を公言していることもあり、周囲の扱《あつか》いも『箱入りのお坊《ぼっ》ちゃん』だった。年齢が上の智哉や圭市からは、甘やかされて庇護《ひご》されるのが当然であり、中学生くらいまではそんな環境《かんきょう》に疑問を持つことさえなかった。

ただ、二十歳《はたち》にもなって周囲に庇護されるばかりなのはさすがに恥《は》ずかしい。桃瀬家の跡取《あとと》りを自負するなら、一つくらいはそれらしいことをしなければ……と思い立って、ここまで単身でやってきたのだけれど。

「ホントに、すぐですね」

「うん。海流さえ複雑でなければ、泳いで渡《わた》るのも無謀《むぼう》な距離《きより》じゃないからね」

独り言のようにポツリとつぶやいた柊の言葉は、エンジン音にかき消されることなく藤司の耳まで届いたようだ。

こうして、結局他人の力を借りなければ行動ができない……というのは、情けない。

そんな柊の複雑な思いなど、知る由《よし》もないのだろう。藤司は、岸壁《がんぺき》に巧《たく》みにプレジャーボートを寄せながら唇《くちびる》に微笑《びしょう》を浮《う》かべる。

「実は……あと一つ、島に渡る手段があるんだ」

「え？　泳いで、と……船と？」

「さて、なんでしょう。船を留めるから、考えながら待ってて」

タイヤで防護された岸壁に船を横づけした藤司は、微笑を浮かべたまま柊に疑問を残して操舵室を出た。

慣れた様子で、手早くロープで岸壁に係留している藤司を、甲板に出た柊はジッと見ながら頭の中で質問を復唱した。

もう一つ、この島に渡る手段？

「……なんでしょう、って。なに……？」

見当がつかない。

首を傾げている柊に、乗り込んだ時と同じように藤司が手を差し出してくる。

「落ちるなよ」

「ありがと、ございます」

差し出された大きな手に右手を重ねると、軽く引かれてコンクリート造りの岸壁に飛び移る。

民宿やホテルがあり、鬼《おに》にまつわる見どころもあるせいでそこそこ賑《にぎ》やかな『鬼が島』とは違《ちが》い、こちらの小島は無人島だ。

観光名所でもなく住人もいない……船の出入りが多くないせいで桟橋《さんばし》らしいものは整備されておらず、簡易的な船着き場なのだろう。

「クイズの答え、わかったか？」

「いえ。……あっ、空からヘリコプターで、とか！」

そんなことを思いついたのは、大きな鳥が頭上を過《よぎ》ったせいだ。

雲一つない青空を指差した柊に、藤司は笑《え》みを深くしてサングラスを外した。額に手を翳《かざ》して、眩《まぶ》しそうに目を細める。

「なるほど。まぁ……それも不可能ではないか。でも、もっと簡単な方法があるんだ」

「簡単な？」

名案だと思ったのだが、あっさりと否定されてしまった。ますます疑問が深くなった柊は、ヒントを探してきょろきょろと視線を巡《めぐ》らせる。

　すると、殺風景なコンクリートの護岸の隅《すみ》に、看板らしきものが立っていることに気がついた。

「……私有地につき、関係者以外立ち入り禁止」

　目を留めた看板に記されている、赤いペンキで書かれた注意文を読み上げて、ほんの少し眉を顰める。

　風雨が吹《ふ》きさらしの場所なのに、ペンキが剝《は》げたりしていないということは、設置されてさほど時間が経《た》っていないに違いない。ということは、あれを立てたのは『桃瀬』ではなく『鬼柳』だろう。

　柊の視線を追って看板を見遣《みや》った藤司が、

「ああ……不法侵入《しんにゅう》だな、柊くん」

　クスリと皮肉の滲《にじ》む笑みを浮かべた。柊は、自分だけ犯罪者呼ばわりされてはたまらないとばかりに、慌《あわ》てて言い返した。

「そっ、そうかもしれませんが……藤司さんもっ！」

　自分が不法侵入なら藤司も同罪だろうと、失礼ながら指を差す。

　その時、柊の頭に渦《うず》巻《ま》いていた言葉は……『赤信号、みんなで渡れば怖《こわ》くない』という、決して褒《ほ》められたものではない子供の屁理屈《へりくつ》のような一文だった。

　アンタもだと口にしながら無意味に胸を張る柊に、藤司は背中を屈《かが》めて顔を覗《のぞ》き込むようにしながらほんの少し意地の悪い微笑を滲ませる。

なにを言われるかと身構えた柊の耳に、予想もしていなかった言葉が飛び込んできた。

「残念ながら、俺は不法侵入者じゃないんだなぁ」

「……許可、もらってる？」

立ち入りの許可を得ているのかと、おずおずと聞き返す。だから、堂々と船を着けたりできるのか……？と係留してあるロープを見下ろした。

それなら、やはり不法侵入者は柊だけということだろうか。

「んー、許可っていうか、ここはウチの所有地だからな。関係者だ。今は親父《おやじ》の名義だけど、いずれは俺のものになる」

「え……」

思いがけないそんな言葉に、柊は目を見開いて絶句した。

ここは、ウチの所有地……いずれ、藤司のものになる……？

その言葉が意味するものは、いくら鈍感《どんかん》だと言われている柊でも察することができる。

唖然《あぜん》とした心地《ここち》のまま、恐《おそ》る恐る藤司を指差して口を開いた。

「まさか……鬼？　でも、藤司……って」

柊は、呆気《あっけ》に取られた顔をしているに違いない。

とんでもなく不躾《ぶしつけ》かつストレートな尋ね方をしたけれど、藤司は端整《たんせい》な容貌《ようぼう》に微苦笑《びくしょう》を滲ませたままだ。

「鬼、か。まぁ……そうだな。君が桃太郎で、俺が鬼」

指差したままの柊の手を握《にぎ》り、君が……と言いながら柊の胸元《むなもと》を指すと、続いて自分の胸元に指先の行方《ゆくえ》を移す。

握られた手から藤司の体温が伝わってきて、ドッと現実が押し寄せてきた。

「ッ！　放せ鬼っ！」

呆《ほう》けている場合ではない。

そう我に返った柊は、慌てて藤司の手を振《ふ》り払《はら》って握られていた右手を取り戻《もど》した。

藤司は、拳《こぶし》を握ってジリッと背後に足を引いた柊に目を細めると、ふっと不敵な笑みを浮かべる。

ついさっきまで、爽《さわ》やかな笑顔だと思っていたものを不敵だなどと感じたのは、藤司の正体が『鬼』だと知ったせいかもしれないが。

「鬼、か。正確には、鬼柳だ。フルネームは、鬼柳藤司」

藤司という名前は、ファミリーネームではなくファーストネームだったのか！

口をパクパクさせるだけになり、もう声も出ない。

そんな柊を、藤司は薄《うす》ら笑いを消すことなく見下ろしている。その表情からは、なにを考えているのか読めない。

んだから」

「ふ、不法侵入だったらなんだよっ。だいたい、そっちが言い出しておれはついて来ただけな

「んー……まぁ、そうだな。所有者と一緒《いっしょ》なんだから、正確には不法侵入ってわけじゃないか」

柊に返してきた藤司は、余裕綽々《よゆうしゃくしゃく》の顔だ。飄々《ひょうひょう》とした口調からも、思惑《おもわく》がまったく見えない。

柊は、昨夜のうちにフルネーム……『桃瀬』を名乗ったのだから、先祖の確執《かくしつ》を含《ふく》めて現代に至る『桃瀬』と『鬼柳』の対立もわかっているはずで、なのにたった今まで匂《にお》わせることもなかった。

この男は、なにを考えている？

「所有者って言うけど、ここはもともと桃瀬のものだったはずだ。祖父《じい》ちゃんが、鬼に騙《だま》されて奪《うば》い取られたんだろっ」

柊が聞いたのは、祖父が友人だった鬼柳の先代との賭《か》け事に負けて島を譲《ゆず》り渡《わた》した、という簡単な経緯《けいい》だ。

賭け事の形として譲渡《じょうと》した、などと信じてはいけません。そう、『雉《きじ》・猿《さる》・犬』の三人衆からは言い聞かされてきた。

柊の祖父と藤司の祖父とのあいだに、どんなやり取りがあったのか……実際のところは知らないのだから、三人が言うように言葉《ことば》巧《たく》みに騙されて奪い取られた可能性もある。

祖父は柊が小学校低学年の頃《ころ》に亡《な》くなってしまったので薄《うっす》らとしか憶《おぼ》えていないけれど、確かに豪胆《ごうたん》なところがあったように思う。が、それにしても島をやり取りする賭け事などメチャクチャだ。

「なんだ、それ。人聞きが悪いな。桃瀬の先代は、そんなふうに言っていたのか？」

柊の主張を聞いた藤司の顔から、笑みが消えた。

ほんの少し眉《まゆ》を顰《ひそ》めて、この島が桃瀬から鬼柳に所有権が渡った経緯についてどう聞かされているのか、尋《たず》ねてくる。

「それは……おれは祖父ちゃんから直接聞いてないから詳《くわ》しくは知らないけど、みんなそうだって言ってる。それにっ、今も……鬼《おに》はなにを画策しているんだっ？　ことと、あの鬼が島を合わせて、リゾート開発する計画がある……って噂《うわさ》を聞いたぞ。それだけじゃなくて、桃瀬の山を買収してなにかコソコソ計画してる……とか」

断言できず、自信がなさそうな言い方になってしまうのは、情報源がメイドたちの噂話と母親とその友人との茶飲み話を立ち聞きした際に得たものだからだ。

この島の開発を計画しているという噂は、こうして柊が一人でここまで来ようと決意することとなった最大の動機でもある。

もしそれが事実なら、先祖が隠《かく》しているという『鬼の財宝』はどうなるのだろう……と。

所有権は祖父の代に鬼柳に移ってしまったが、あるかどうか謎《なぞ》の財宝が鬼柳の関係者に見つけ出されたかどうかはわからない。鬼の財宝の隠しどころを記したという書物は、長きに亘《わた》って桃瀬家の蔵《くら》にあったのだから。

万が一、今もこの島に過去の財宝が隠されたままだとしたら……開発のために大型重機で掘《ほ》り返されたりすると、メチャクチャになってしまうだろう。

だからこそ柊は、開発の手が入る前に島に渡り、それらを探索《たんさく》しようと考えたのだ。

宝探しと言えば俗《ぞく》っぽい響《ひび》きだけれど、桃瀬家の……『桃太郎』の継承《けいしょう》者として、先祖代々のものを護《まも》るのは自分の責務だと思っている。

もし自分がそれらを見つけることができたら、財政が逼迫《ひっぱく》していると漏《も》れ聞こえてきた『桃瀬』にとって、なにかしらプラスの要素になるのではないかと……そんな浅はかな期待があったことも否定できない。

現在は鬼柳の所有地だ。見咎《みとが》められて問題になった時のことを考えれば、あの三人を巻き込むわけにはいかないので、単身でやって来た。

ひとまず、財宝の有無《うむ》を確かめないことにはどうにもならない。

現段階ではなにもかも不確定で、でもリスクは小さくなくて。

だからこそ、信頼《しんらい》できる三人衆を振り切ってここまで出向いたのだけれど……こんなふうに鬼の関係者と係《かか》わることになるとは、恐ろしいまでの偶然《ぐうぜん》だ。

唇《くちびる》を噛《か》む柊をよそに、藤司は飄々とした態度を崩《くず》すことがない。正体を明かす前と変わらない、マイペースさで口を開く。

「桃瀬は歴史ある名家かもしれないが、商売に関しては下手《へた》だな。特に、現当主はリーダーとして不適格としか言いようがない。っと、失礼。君の父親か」

「っ……バカな親父で悪かったなっ」

わかりやすい挑発《ちょうはつ》に乗ること自体、子供じみている証拠《しょうこ》だ。

そう気づいたのは、藤司がニヤニヤと意地の悪い笑《え》みを浮《う》かべたせいだけれど……後の祭りだ。

「この島に来たことがないみたいな口ぶりだったけど、先代までは桃瀬家のものだったんだから、一度くらいはあるだろう」

「……ない、と思う。初めてだ」

少なくとも、柊の記憶《きおく》にはなかった。

いや、かすかに……子供の頃、海辺で遊んだ記憶が頭の片隅《かたすみ》にあるが、それがこの島だという確証はない。

こうして見回しても、コンクリートの岸壁《がんぺき》に見覚えなどないのだから、やはりこの小島に降り立ったのは初めてのはずだ。

「ふーん？　初めて来た……か」

柊の答えを聞いた藤司は、笑みを引っ込めて目を細めた。ずいっと距離《きょり》を詰《つ》められて、思わず後ずさりをする。

「この小島に……鬼の財宝が隠されている、って話は？」

「ッ……」

なんのことだと惚《とぼ》けてしまえばよかったのに、バカ正直に息を呑《の》んでしまった。きっと、表情にも出てしまっている。

うつむいた藤司は、柊から顔を隠して……笑っている。肩《かた》が小刻みに震《ふる》えているので、一目《いちもく》瞭然《りょうぜん》だ。

「バカ正直だって、笑えよっ。変に我慢《がまん》するな！」

屈辱《くつじょく》だ。

両手を握《にぎ》り締《し》めて言い返すと、藤司はコホンと空咳《からせき》をしてうつむけていた顔を上げた。

「いや……うん。素直《すなお》でなにより。戦隊物のヒーローだと、リーダーのレッドがそのタイプだ。熱血で単純で、バカ正直。たいていはブルーとかブラックとかがサポートすることになるが、桃太郎だと、雉猿《きじさる》犬のお伴《とも》がフォローするのかな」

「なにが言いたいんだよ」

戦隊物を例に出して、わかりづらくバカにされている。

そう引っかかりを覚えた柊は、ギッと藤司を睨《にら》みつけた。

普段《ふだん》から、学校の友人たちにも単純バカなお子様扱《あつか》いされているせいで、この手のからかわれ方には敏感《びんかん》なのだ。

「いや、島に渡る手配もせず……無計画に宝探しか？　と思ったら、その行動力というか無鉄《むてっ》砲《ぽう》さは立派だなぁと」

「褒《ほ》めてない。やっぱりバカにしてる」

立派だなどと言いつつ、微妙《びみょう》に褒められている気分ではない。

藤司から顔を背《そむ》けた柊は、自分が桃瀬家の人間だと知られ……藤司が鬼柳家の人間だと知った時点で『無鉄砲かつ無計画な行動』は終わりだと、大きなため息をついた。

気が重い。

ここまで来たことがなにひとつ意味を成さなかったばかりか、家に戻《もど》ればあの三人の説教が待っている。

「不法侵入《しんにゅう》者は、退散すればいいんだろ」

藤司に背中を向けて、ついさっき降りたばかりの船に乗り込もうと岸壁の端《はし》に向かう。

船の乗り降りに藤司の手を借りたことが、悔《く》やまれる。鬼だと知っていたら、絶対に手など借りなかった。

それ以前に、警戒心《けいかいしん》なく『桃太郎』についての会話をすることもなかったのに……と悔《くや》しさを噛み締めていると、藤司の声が背中にぶつけられた。

「……言葉が間違《まちが》っているぞ。戻りたいから、船を出してください……だろう。それとも、泳いで帰ってみるか？」

「っっ！」

カッと頭に血が上る。悔しい！　悔しいけれど……ここに放って行かれたら、困るのは自分だとわかっている。

泳いで海を渡《わた》るなど不可能なのだから、藤司が舵《かじ》を握るこの船に乗せてもらうしかないのは事実なのだ。

「いざとなったら、誰《だれ》かに連絡《れんらく》して……っ」

そう反論しながらジーンズのポケットからスマートフォンを取り出したところで、恐《おそ》ろしくタイミングよく着信音が鳴り響いた。

反射的に見遣《みや》った画面には、『父』の表示が。

ビクッと手を震わせた柊は、慌《あわ》ててスマートフォンを耳に押し当てる。

「も、もしもしっ」

『柊、今どこにいる？』

「えーっと、大学のフィールドワークで地方に。しばらく帰れないかも」

簡素な書き置き一つで勝手に家を出てきたことを、咎められるか……と覚悟《かくご》していたのに、柊の耳に飛び込んできたのは予想外の言葉だった。

しかも、珍《めずら》しく早口で捲《まく》し立てる。

『ああ、地方か。それは好都合だ。こちらから連絡するまで、家に帰って来るんじゃないぞ。しばらく、連絡がつかなくなる。とりあえず、鬼《おに》が……』

普段とは様子の違《ちが》う父親の話を聞いていた柊は、背後で鳴り響いた藤司のものらしいスマートフォンの着信音にピクッと肩を震わせた。

振《ふ》り向いたと同時に、船を係留するのに使っているロープを踏《ふ》みつけてしまい、バランスを崩す。

無様に転びかけたところで、なんとか踏み止《とど》まったけれど……。

「あ……あっっ！　う……っそだろ」

左手に握っていたスマートフォンが、船と岸壁とのあいだにある三十センチほどの隙間《すきま》から海の中へダイブしてしまった。

慌てて岸壁にしゃがみ込み、呆然《ぼうぜん》と海面を見下ろす。

柊の目に映るのは、深緑色の海面……と、ぷかぷか浮かぶゴミだけだ。水深がどれくらいあるのかはわからないけれど、防水仕様ではないスマートフォンが完全に使いものにならなくなったことは確かだった。

友人知人の連絡先データ……なにより、父親の話が途中《とちゅう》だったのに。

「どうすんだ？　つーか、鬼がなに……？」

最後に耳に入った父親の言葉は、意味深な『鬼が』というものだった。忌々《いまいま》しげな響きで鬼柳のことを『鬼』と呼ぶのはいつものことだが、その前の「しばらく帰って来るな」は穏《おだ》やかではない。

「鬼って？」

「あ……」

頭上から落ちてきた低い声に、呆然としていた柊は肩を強張《こわば》らせて現実へと立ち戻った。

そうだ。当の『鬼』……鬼柳の関係者と一緒《いっしょ》だった。

頭上を仰《あお》ぎ見た柊と視線を絡《から》ませた藤司は、無言で柊の返答を待っているようだ。

「父親からの電話だったけど……途中で海に落としたから、なにが言いたかったのかハッキリわかんない」

自らの大ボケを暴露《ばくろ》するのは、悔しい。でも、意味深な言葉の意味と目の前にいる『鬼』が、柊から意地を奪《うば》い取る。

途中で途切《とぎ》れてしまった「鬼が」の続きを、この男は知っているのだろうか。

「桃瀬の当主は、なんて言った？」

「しばらく帰って来るな。とりあえず、鬼が……で、ボチャン」

海面を指差した柊の隣《となり》に、藤司が同じようにしゃがみ込んだ。チラリと目を向けると、真顔で海面を覗《のぞ》き込んでいる。

「諦《あきら》めろ。砂浜《すなはま》ならともかく、このあたりはそこそこ深いから回収は不可能だ。……俺は、君の父親が言いかけた言葉の続きとその意味を知っているんだけど、聞きたい？」

もったいぶってそう言い出した藤司を、柊は眉《まゆ》を顰《ひそ》めて見遣った。

知りたいに決まっている。気になるのが本音だ。

でも、こんなふうに意地悪そうな言い方と顔をしている藤司に、素直に教えてくれと答えるのは悔しい。

「……いじめっ子みたいな顔」

ジレンマを抱《かか》えた柊は、つい思ったままを口に出してしまい、慌てて口を噤《つぐ》む。

藤司は、呆気《あっけ》に取られたような顔をしていたけれど、足元に視線を落としてクックッと肩を震わせた。

「いじめっ子、か。否定はしない。柊みたいなタイプは、イジメて突《つ》っついて、泣かせたくなる。誤解するなよ。親愛の情の一種だ」

「ひ、捻《ひね》くれ者……」

ジリジリと身体《からだ》を引き、捻くれているというか大人げない発言を恥《は》ずかしげもなくやってのける藤司から距離《きょり》を置こうとした。

見てくれは隙《すき》のない完璧《かんぺき》なイケメンなのに、性格が残念な人のようだ。

「面白《おもしろ》いな、おまえ。のん気なお坊《ぼっ》ちゃんかと思えば、無鉄砲で向こう見ずで……単純で、怖《こわ》いもの知らず？　あとは、警戒心があまりない。知らない人について行ってはいけません、って幼稚園《ようちえん》で教えられただろ。お坊ちゃんのクセに、無防備この上ない」

「二回もお坊ちゃんって言いやがったな。おれより、そっちのほうが御曹司《おんぞうし》だろ。桃瀬は没落《ぼつらく》寸前だけど、鬼柳は右肩上《みぎかたあ》がりなんだ。今のおれを身代金《みのしろきん》目的で誘拐《ゆうかい》しても、大した金なんか出せない……って、ちょっと調べたらわかるんじゃないかな」

桃瀬家が没落寸前で、鬼柳家は順風満帆《じゅんぷうまんぱん》。

そう認めるのは面白くないけれど、事実なのだからどうしようもない。

すると、藤司は「おやぁ？」と首を捻った。

「意外だ。わりと冷静に周りを見てるんだな。なにも考えず、名家に胡坐《あぐら》をかいてるわけじゃない……って？」

「……さぁね」

なにも考えずに、桃瀬の名の上に胡坐をかいている。

ムッとしたのは、それが事実だから……痛い図星を指されたせいだ。

「それで、最近の桃瀬家の状態に危機を覚えて『鬼の財宝探し』を決行しようとした……ってところか」

それだけが理由ではない。

でも、この複雑な心情を言葉にするのは簡単ではなくて、不貞腐《ふてくさ》れた態度で藤司から顔を背《そむ》けるしかできなかった。

「そんな柊の勇気に敬意を表して、教えてあげよう。桃瀬の当主は、しばらく帰って来るなと言ったんだな？」

「うん」

「正確には、帰れない……だな。今、俺にも家から連絡があった。桃瀬と共同出資をする形で、大きなプロジェクトを推《お》し進めていたんだ。ソフトな言い方だが、一種の吸収合併《がっぺい》だな。その、桃瀬の当主……ついでに、当主にいつも付き従っているお供の連中もだが、資金を引き出して行方《ゆくえ》をくらませている」

「……は？」

よどみなく藤司が語る内容は、柊にとって寝耳《ねみみ》に水というヤツだった。

鬼と共同で、プロジェクト？　いや、事実上の吸収合併ということは、買収されたという意味だろうか。

なにより、父親がお供……つまり、『雉《きじ》・猿《さる》・犬』の三人衆と共に資金を持ったまま姿を消したただと？

現実感が乏《とぼ》しくてなにも言葉にできない柊を、藤司は鋭《するど》い目で見つめている。

冗談《じょうだん》を言っている空気ではない。

「えっと、つまり……どういう意味、だ？」

「鈍《にぶ》いな。頭が悪いのか？　こちらが訴《うった》えれば、桃瀬の当主は犯罪者になるってことだ。ただ、うちとしても警察沙汰《ざた》にしてコトを荒立《あらだ》てるのは面倒《めんどう》だから関係者に独自に捜《さが》させている。当主が見つかるまで……柊は人質《ひとじち》だな。俺が監視《かんし》役だ」

ポン、と。

ニッコリ笑って肩《かた》に手を置いてきた藤司を、唖然《あぜん》と見上げる。

人質……とは、穏やかではない。でも、もし本当に父親が資金を持ち逃《に》げしていたのなら、桃瀬の分が悪いのは明らかだ。

「いいタイミングだったな。さてと、とりあえずここはなにもないから『鬼が島』に戻《もど》るか。昼飯を食いながら、今後について話し合おうじゃないか、人質くん」

肩に置いた手で、ポンポンと気安く叩《たた》かれる。

柊はその手を振り払《はら》う気力もなく、目をしばたたかせてポツリとつぶやいた。

「……う、嘘《うそ》だろ」

「とろとろするな。どん臭《くさ》い桃太郎だな。そんなに鈍くて、鬼退治《おにたいじ》ができるのか？」

皮肉をたっぷりと含《ふく》んだ『桃太郎』や『鬼退治』という言葉に、ググッと眉根《まゆね》を寄せる。

反論したいのに、どう言えばいいのか……言葉が出てこない。

「スマホだけでなく、本体まで落ちるなよ」

先に船の甲板《かんぱん》に乗り上がった藤司が、右手を差し伸《の》べてきた。反射的に右手を差し出しそうになり……ハッとして引っ込める。

「お、鬼の手なんか借りるかよっ。落ちるほど、どん臭くない」

今さらだと思うが、藤司の正体を知らなかった頃《ころ》と同じように素直《すなお》な態度など取れない。

差し出した手を拒絶《きょぜつ》しておいて、自力で船に乗り上がろうとする柊を、藤司は「ふん」と鼻で笑った。

「落ちたら笑ってやる」

「……落ちないって！」

睨《にら》みつけながら言い返して、なんとか乗り込むことに成功する。

……足の裏がちょっとだけ滑《すべ》ったのは……気づかれなかったはずだ。

《四》

なにがどうなって、こんなことに……と嘆《なげ》いても、どうすることもできない。

滞在《たいざい》する予定だった民宿から荷物を引き取ってきた柊は、監視役を自称《じしょう》する藤司の別荘《べっそう》に身を置くことになった。

世間一般《いっぱん》に『鬼が島』と呼ばれている島にある鬼柳家の別荘は、定期船が出入りする港がある湾《わん》とは反対側に位置している。観光名所になっている鬼の洞窟《どうくつ》や遺跡《いせき》が集中する地区からも離《はな》れているせいで、静かだ。

ここで、藤司がなにをしているのか……よくわからない。柊が初めて逢《あ》った夜、のんびりと釣《つ》りをしていたことからも、休暇《きゅうか》中なのだろうか。

年齢《ねんれい》は、柊より三つ上の二十三歳。鬼柳の企業《きぎょう》に籍《せき》を置いているとは聞いたけれど、具体的なことはわからない。

「おい、桃太郎」

リビングテーブルに置いたノートパソコンに向かっていた藤司が、モニターから目を離すことなく口を開く。

ここには自分と藤司しかいないので、間違《まちが》いなくその呼びかけは柊へのものだ。ただ、柊にしてみれば嫌《いや》がらせとしか思えない。

「……その呼び方、やめて欲しいんだけど」

手持無沙汰《てもちぶさた》なのをなんとかしようと、大学の研究室に提出するレポートのレジュメ製作にあたっていた柊は、眉《まゆ》を顰《ひそ》めて苦情をぶつける。

「間違ってるか？　鬼退治を目論《もくろ》む、桃太郎だろ」

パソコンから顔を上げた藤司が、柊に目を向けて言い返してきた。

「それはご先祖のことだろ。別におれはっ、鬼退治をしようと思ってここに来たわけじゃなくて……っ」

「まぁ確かに、おまえに退治されるんじゃないかって危機感はまったくないな。返り討《う》ちにする自信がある」

クスリと嫌味《いやみ》な笑《え》みを浮《う》かべた藤司は、手を伸ばしてきて柊の二の腕《うで》を摑《つか》む。そして、腹立たしいことに、

「この腕じゃあ、太刀《たち》を振《ふ》り回すのも不可能だろ」

と続けた。

それも、ふふんと鼻で笑いながらだ。

露骨《ろこつ》に非力呼ばわりされた柊は、カーッと首から上に血が上るのを感じた。睨みつけながら、藤司の手を振り払う。

「なんか用があったんじゃないかっ」

貧相な体格だということは、言われなくてもわかっている。自分への嫌がらせのために声をかけてきたのなら、性格が悪い。

睨みつける柊に、藤司はこれ見よがしなため息をついた。

「そんなに怖《こわ》い顔で睨むなよ。防波堤《ぼうはてい》のところで顔を合わせた時は、あんなに素直で可愛《かわい》かったのになぁ」

「……初対面の人間に、突《つ》っかかる理由なんてないんだから当たり前だ」

あの時は、藤司が鬼柳の人間だなんて知らなかったのだ。見知らぬ人にツンツンする理由などないと言い返すと、藤司の顔から笑みが消える。

「初対面、ね。俺の正体を知ったら、愛想《あいそ》よくするのはもったいないって？」

「もったいないっていうか、そっちだって桃瀬のことを嫌《きら》ってるだろ？　宿敵の子孫なんだからさ。おれも、子供の頃から鬼は敵だって……冷酷《れいこく》で残虐《ざんぎゃく》だから近づくなって聞かされていたんだ」

面白《おもしろ》く思っていない、警戒《けいかい》すべき相手だと考えているのはお互《たが》い様のはずだ。

そう口にした柊に、藤司は無表情で「そうだな」と短くつぶやいた。それきり柊に興味を失ったかのように目を逸《そ》らし、再びパソコンに視線を当てる。

「冷酷で残虐ねぇ。期待されているのなら、それらしくこき使ってやるとするか。茶を淹《い》れろ、人質。キッチンのところに、ポットや道具はひと通り揃《そろ》ってる。ダージリンだ」

「ッ……わざわざ神経を逆撫《さかな》でする言い方をしやがって」

持っていたシャープペンを転がした柊は、勢いよく立ち上がった。そのままの勢いで、藤司が指差したダイニングキッチンへと足を向ける。

鬼柳家の別荘だと聞かされたログハウス風の建物は、ロフト付きの2LDKだ。ここに住んでいるわけではないだろうから、生活感があまりないのは当然かもしれないけれど、当面の生活には困らない程度に物が揃っているようだ。

キッチンへと足を踏《ふ》み入れた柊は、電気ケトルに水を入れてスイッチを押し、茶葉が収められているらしい缶《かん》を手に取った。

色の違《ちが》う缶が、三つ。藤司に指定されたものは……どれだ。

「ダージリン……って、これか？」

なんとかダージリンと英字で記された缶を見つけ出すと、適当にティーポットへと茶葉を移す。

沸騰《ふっとう》した湯をそこに入れて、目についたマグカップに注ぐと、リビングテーブルのところにいる藤司へ運んだ。

「ご所望《しょもう》のお茶ですっ」

「……ああ」

尊大な態度でうなずいた藤司は、柊が手元に置いたマグカップを摑んでそっと口をつけ……ピタリと動きを止めた。

「おい、これはなんだ」

「だから、ダージリンだろ？　間違えてないと思うけど」

紅茶の缶には『Darjeeling』のラベルが貼《は》られていたのだ。後の二つは『Ceylon』と『Assam』だったので、間違いないはず。

胸を張って言い返した柊に、藤司は小さく息をついた。

「そうじゃない。……どうやったら、こんなにマズい茶を淹れられる」

「人にお茶くみをさせておいて、なんだよその言い方。普通《ふつう》に、紅茶だろ」

人にお茶を淹れさせておいて、その態度か。銘柄《めいがら》を間違えているならともかく、眉を顰めて文句を言われる理由がわからない。

「普通に、紅茶だ？　……飲んでみろ」

ズイッと目の前にマグカップを差し出されて、ムッと唇《くちびる》を引き結んだまま受け取った。

見た目は綺麗《きれい》な紅茶色だし、匂《にお》いもいい。マズいと吐《は》き捨てられる要素など、どこにもないはずだ。

そう思いつつ、恐《おそ》る恐る口に含《ふく》み……眉間《みけん》の皺《しわ》を深くする。

「う、薄《うす》い」

色はそれなりなのに、とんでもなく薄い。これでは、紅茶風味のお湯だ。

マズいという藤司に「美味《おい》しいじゃないか」などと反論できない。

唖然《あぜん》とする柊に向かって、藤司は憎《にく》たらしいことに勝ち誇《ほこ》ったような笑みを浮かべた。

「だろ？　かろうじて紅茶らしいのは、色だけだ。これを紅茶とは認めん。おまえ、どんな淹れ方をした？」

「どんなって、普通に……」

手順を思い浮かべながら、ポツポツと藤司に説明する。

家では、メイドか圭市か剣太郎か……誰《だれ》かがお茶を用意してくれるのだ。初めて紅茶を淹れたにしては、上出来だと思うのだが。

茶葉を使ってお茶を淹れたのは初めてだということも含めて語り終えた柊に、藤司は深いため息をついた。

ノートパソコンを閉じると徐《おもむろ》に立ち上がり、柊の二の腕を摑む。

「来い。手本を見せてやる」

「な、なんだよ。イテテ……怪力《かいりき》っ！」

藤司は、柊の苦情など聞こえていないかのように無視をして、大股《おおまた》でキッチンへと歩を進めた。

「本っ当に、なにもできないんだな」

「……必要がなかったんだから、仕方ないだろ」

なにもできない、と。

改めて言われると、気まずさが込み上げてきて反論が力ないものになる。あまり褒《ほ》められたことではないという自覚は、柊にもあるのだ。

昼間の紅茶で、柊の家事能力には予想がついていたに違いない。藤司は、柊の手元に転がっているニンジンをチラリと見て苦笑《くしょう》を滲《にじ》ませている。

「そのニンジン、サイズが半分になってるぞ。俺は、皮を剝《む》けと言ったんだ。体積を減らせとは一言も言ってない」

「皮と同じ色だから、どこまで剝けばいいかわかんなかったんだよ」

右手にピーラー、左手にニンジンを持ったまま、そう胸を張る。

ジャガイモは皮と実の色が違うので、どこまで剝けばいいのかわかりやすかったのだけれど、ニンジンは境界がよくわからないのだ。

「……小学生以下だな。まぁ、指の皮を剝かれるよりはマシか。今時、カレーを作ったことがないヤツがいるとは思わなかったが。それも、スパイスから作るような複雑なものじゃなくて市販《しはん》のルーを割り入れるだけだぞ。箱に作り方が書いてあるだろう」

「だから、解説を読みながらおれが作るって言ったのに、そっちが包丁を取り上げたんじゃないか」

「危なっかしくて、包丁を持たせられるか。流血沙汰《ざた》が確定だ。それに、おまえに任せていたら、俺が知っているカレーとは別物が完成すると断言してやる」

あまりにもひどい柊の家事能力に、嫌味ではなく純粋《じゅんすい》に驚《おどろ》いたと言いながら、遠い目をする。

カレーを自力で作ったことがないというのは、そんなに特殊《とくしゅ》なことなのか？　藤司は柊にもできないと繰《く》り返し言うけれど、小中学校では家庭科の授業があったので、料理をしたことはある。

そう主張した柊を、藤司は呆《あき》れたような目で見下ろしてきた。

「玉ねぎやジャガイモの皮を剥いたくらいで、料理とは言えん。周りはおまえを、どれだけ甘やかしてるんだ」

「子供の頃《ころ》に厨房《ちゅうぼう》に入ったら、ばあやに男が立ち入る場所じゃないって怒《おこ》られたんだ。火を使っていて危ないから、とか」

今は隠居《いんきょ》した『ばあや』は、桃瀬家の跡取《あとと》りである柊を殊更《ことさら》大事にしてくれたのだと思う。圭市に言わせれば、『時代錯誤《さくご》』らしいが柊は疑問に感じたこともなかった。

でも、こうして目の前で器用に包丁を扱《あつか》う藤司を見せられると、自分が甘やかされてきたのだと思い知らされる。

「鬼《おに》の家は、違うのか」

ぽつりと口にすると、藤司は拳《こぶし》で軽く柊の頭を小突《こづ》いてきた。

痛いほどの力ではなかったが、親しげな仕草がなんだか落ち着かなくて「痛いんだけど」と苦情をぼやく。

「鬼って言うな、桃太郎。……俺は三男だし、一人息子《ひとりむすこ》のおまえとは立場的に異なるかもしれないが、自分の身の回りのことは自力でするように教育を受けたぞ。大学から独り暮らしをしているから、家事もひと通りはできる。料理も最初は面倒《めんどう》だったけど、やってみればそこそこ面白《おもしろ》い」

「……へぇ」

話しているあいだも、藤司の手の動きは止まらない。玉ねぎをみじん切りにする手つきなど、テレビで見る料理人のようだ。

悔《くや》しいけれど、鮮《あざ》やかで……見惚《みと》れていた柊は、ポツリとつぶやいた。

「目が痛い」

「ああ……そんなに一生懸命《いっしょうけんめい》見ていたら、まぁ……痛いだろうな」

どうやら藤司は、微妙《びみょう》に目を離《はな》していたようだ。柊が涙《なみだ》を滲ませているのに、彼は涼《すず》しい顔をしている。

「あ、こら……擦《こす》るな」

「だって」

思わず手の甲《こう》で目元を擦ろうとしたら、手首を摑《つか》んで止められた。

その途端《とたん》、ますます目の痛みが増したのは、先ほどまで玉ねぎを触《さわ》っていた藤司の手が元《げん》凶《きよう》に違《ちが》いない。

「うぅぅ……ひどい嫌《いや》がらせだ」

「違う、バカ」

わざとではないと弁明した藤司が、背中を屈《かが》める。なにかと思ったら、目尻《めじり》に滲む涙の雫《しずく》を……舐《な》めたっ？

「なにすんだっ！」

ギョッとした柊は、慌《あわ》てて藤司から飛び退《の》いて頭を左右に振《ふ》った。

何故《なぜ》か藤司自身も驚いたような顔をして、柊を見下ろしている。

「あれ？　……つい」

「ついって、なんだよ。おれは女じゃないからなっ」

「それはわかってるよ。そんなに頰《ほお》を赤くして照れられたら、妙《みよう》な気分になるだろ」

「照れてないっ！　おれは、怒ってるんだっ」

藤司に頰が赤いと指摘《してき》されなくても、自覚している。こんなに顔面が熱いのは、どうしてだ

ろう。

どこの遊び人だと眉《まゆ》を顰《ひそ》めるばかりの仕草を自分に向けられたことに対する屈辱《くつじょく》か、反射的にこんなふうにするほど女の子のあしらいに慣れていることを見せつけられたことで、同性としての劣等《れっとう》感を刺激《しげき》されたせいか……その両方か？

「うー……なんなんだよ」

混乱のあまり唸《うな》りながら、藤司に舐められた目元に手をやり……結局、ゴシゴシ擦ってしまうことになる。

「目、ヒリヒリする」

痛くて目を開けていられなくなってしまい、どうすればいいのかと無駄《むだ》にウロウロする。

キッチンカウンターの隅《すみ》に腰骨《こしぼね》を強打して「痛いぃ」と痛さに呻《うめ》いたところで、藤司に二の腕《うで》を摑まれた。

「そりゃ、痛いだろ。どん臭《くさ》いな。危ないからウロウロするな。目を洗え。そのあいだに続きをやっておく。足手まといがいなくなれば、捗《はかど》る」

目を開けられない柊の手を摑んで、シンクの水栓《すいせん》に誘導《ゆうどう》する。

「……どうせ、おれは不器用だよ」

足手まといではないと反論することができなくて、力なくつぶやくとシンクの水栓を上げて水を出した。

バシャバシャと顔を洗いながら、規則的な包丁の音を聞く。

こうして、鬼に食事の世話をしてもらう羽目になるなんて……屈辱を感じるよりも、情けなくて泣きたくなる。

「そういや、甘口じゃなくて大丈夫《だいじょうぶ》か？」

「カレーは辛《から》いほうがいい」

「ふーん、味覚は大人なのか」

どこか引っかかる言い方だ。

でも、食べさせてくれることには変わりないらしく、無言で柊の頭にタオルを被《かぶ》せると手際《てぎわ》よく鍋《なべ》に具材を入れていく。

洗剤《せんざい》の匂《にお》いがするタオルで顔を拭《ふ》きながら、ふと疑問が頭を過《よぎ》った。

ここには身の回りの世話をしてくれる使用人の姿はなく、だから藤司が自ら食事を作っているわけで。ということは、洗濯《せんたく》もこの男が自分でしているのだろうか。

……柊は、洗濯機《せんたくき》を触ったこともない。

「おい桃太郎。米を炊《た》くくらいはできるんだろうな？」

藤司の視線の先には、炊飯器《すいはんき》と小振《こぶ》りな米の袋《ふくろ》が並んでいる。表情を引き締《し》めた柊は、炊飯器の前に立って米の袋を摑んだ。

「だから、桃太郎呼ばわりするな。これくらいは、知ってる。炊飯器に入れてスイッチを押せばいいんだろ！」

ザラザラと炊飯器の中に米を入れて、スイッチを押そうとしたところで……背後から後頭部を殴《なぐ》られた。

「痛いなっ」

頭を両手で抱《かか》えて振り向いた柊に、藤司は眉を顰めて炊飯器を指差す。

「大馬鹿者《おおばか》！　生の米だけを炊飯器に入れるやつがいるか。洗って、水と一緒《いっしょ》に入れるんだよっ。洗剤で洗うなよ。米と水の量も量れ！」

「い、一度にいろいろ言うなよ。洗うって、水……で？　量るって、どうやって」

炊飯器の中にある白い生米を見下ろした柊は、途方《とほう》に暮れた気分になる。

殴ったことに対する謝罪を要求するつもりだったのに、タイミングを逃《のが》してしまった。それより、たった今聞かされた難題にどう取り組めばいいのかが重要だ。

炊飯器で米を炊く……？

家庭科の授業で習ったような気もするけれど、あの時は柊が懸命《けんめい》に玉ねぎの皮を剥《む》いて人数分の食器を用意しているあいだに、米が炊き上がっていた。

よく考えれば、茶碗《ちゃわん》に盛られたものとかお握《にぎ》りとか……食べられる状態の米しか見たことがない、かも。

柊の隣《となり》に立つ藤司は、片手で自分の顔を覆《おお》ってガックリと肩《かた》を落とした。

「頭痛がしてきた。……よし、こうなったらイチから叩《たた》き込んでやる。教えがいのありそうな生徒で、なによりだ」

ふふふ……と不気味な笑《え》みを浮《う》かべた藤司は、あまりにも家事能力の低い柊を目《ま》の当たりにして、奇妙《きみょう》な使命感が芽生えたらしい。

「食えるものが作れるよう、仕込んでやるからな」

そんなふうに、「ありがたがれ」と言わんばかりの口調で続ける。

唇《くちびる》を引き結んで頬を引き攣《つ》らせた柊は、背中に冷たい汗《あせ》が滲《にじ》むのを感じた。

「よろしくお願いします、だろ？」

「た、頼《たの》んでない」

柊が望んだわけでもないのに、どうしてお願いしますなどと言わなければならない……と顔を背《そむ》ける。

「ああ？　どの口が偉《えら》そうに」

「いててて」

藤司の指に、ギリギリと頬を抓《つね》られて情けない悲鳴を上げた。

チラリと視線を向けた藤司は、目を細めて柊を見下ろしていた。もとが整った美形なので、冷たい表情を浮かべると妙な迫力《はくりょく》がある。

「飯を食いたくないのか？」

「う、うー……飯抜きは嫌だ」

「だろうな。俺も、腹が減った。いつでも座って待ってたら出てくるわけじゃないってことを、思い知れ。ほら、カワイク『お願いします』は？」

朝食は民宿でしっかり食べさせてもらったけれど、昼は藤司の船から降りて船着き場のところにあった商店で買ったパンを食べたきりなので、腹は減っている。

すぐそこにある鍋からはいい匂いが漂《ただよ》ってきていて、ここでオアズケを言い渡《わた》されたら悲惨《ひさん》だ。

食欲《しょくよく》に負ける自分が情けないということは考えないようにして、

「お……お願い、します」

可愛《かわい》くはなかったと思うのだが、なんとか強要されたセリフを口にする。

そして、なにがどうしてこんなことに……と、幾度《いくど》となく繰《く》り返した嘆《なげ》き節を心の中でつぶやいた。

ほとんど藤司が作ってくれた夕食を終える頃《ころ》になると、窓の外はすっかり暗くなっていた。

柊が、さりげなさを装ってチラリと時計に目を向けたことがわかったのだろうか。藤司が淡々《たんたん》と口を開く。

「定期船の最終便は出た後だぞ。泳いで海を渡る根性《こんじょう》があるなら別だが、夜中にここを出ても島の中をウロウロ散歩するだけだな。まぁ、そんなに無意味な散歩をしたいと言うなら止めないが」

「船があっても、無一文だからどうすることもできないけど。……おれの荷物、どこにやったんだよ」

滞在《たいざい》予定だった民宿から持ってきたバッグは、いつの間にかどこかに隠《かく》されてしまった。財《さい》布《ふ》も着替《きが》えもなく、今の柊はここを飛び出しても着の身着のままで路頭に迷うのみだ。

「心配しなくても、おまえの父親が見つかれば返してやる。誰《だれ》かに『監禁《かんきん》されてます』と訴《うった》えてもいいが、父親を犯罪者にしたくないなら黙《だま》っているほうが賢明《けんめい》だな」

つまり、柊が下手《へた》なことをすれば、父親が資金を引き出して行方《ゆくえ》をくらませていることを表《おもて》沙汰《ざた》にするぞ……ということか。

それも、未《いま》だに真偽《しんぎ》のほどがわからない。確かめたくても、柊のスマートフォンは海の底だし、この別荘《べっそう》には電話がないのだ。

今の時点では、動きようがない。

手足を縛《しば》られたり繋《つな》がれたり、閉じ込められているわけではないのだから『監禁』という表現は大袈裟《おおげさ》だけれど、柊にしてみれば心理的にはそれに近いものがある。

「まぁ、一日でも早く父親が姿を見せるよう祈《いの》ってろ。休暇《きゅうか》でここに来たのはいいが、少しばかり退屈《たいくつ》してきたところだったんだ。いい暇潰《ひまつぶ》しができたなぁ」

そう口にして能天気に笑う藤司を、ジトッとした目で睨《にら》む。

暇潰しのオモチャ呼ばわりをされても、この状況《じょうきょう》ではなにも言い返せない。黙り込む柊に、藤司がポツリとつぶやいた。

「皮肉だな」

「……なにが？」

「この『鬼が島』で、桃太郎《ももたろう》が鬼に捕《つか》まっている、ってことがだよ。ご先祖はあっさりと鬼退治をしたみたいなのにな」

「……おれが退治なんかできると思う？」

「いや……さっきも言ったけど、おまえに負ける気はしないなぁ」

ふふ、と皮肉な笑みを浮かべる藤司から無言で顔を背けた。

幼い頃から悪の象徴《しょうちょう》のように聞かされてきた、『鬼』というものに対する敵対心。そして、好青年だと信じていた藤司から騙《だま》し討《う》ちのように正体を明かされたこと……脅《おど》し文句のような言葉で『暇潰し』扱《あつか》いされていることも。

今の柊が抱えているのは怒《いか》りほど激しいものではなく、戸惑《とまど》いと困惑《こんわく》と……あとは、なんだろう。

ぐちゃぐちゃに絡《から》まりすぎて、自分でもよくわからない。

どこまで本当かわからないが、鬼の先代と茶飲み友達だったという祖父や、噂《うわさ》によれば学生時代は同級生だったという父親や鬼柳の当主とは違《ちが》い、鬼の関係者と接触《せっしょく》しないよう周囲にガードされていた柊は鬼柳の人間と真正面から顔を突《つ》き合わせたのは初めてだ。

智哉や圭市、剣太郎から言い聞かされていた『鬼』のイメージと目の前にいる藤司は、大きく隔離《かくり》している。

もっと粗暴《そぼう》で恐《おそ》ろしげな風貌《ふうぼう》の、いかにも『鬼』という人間だと思い込んでいたのに、こんなタイプだなんて意外だ。

それも、柊の混乱に拍車《はくしゃ》をかけている。

「急に大人しくなって、どうした？」

「な、なんでもない。人質《ひとじち》とか言いながら、飯を食わせてくれるんだな……とか。あ、着替え……どうしよう」

思いつくまま口にした柊に、藤司は、

「そんなことを考える余裕《よゆう》があるのか。可愛い顔をして、なかなか度胸が据《す》わっているじゃないか」

と、意外そうに目をしばたたかせる。

褒《ほ》められたのか、能天気だと馬鹿《ばか》にされているのか……どちらだろう。

「捕虜《ほりょ》や人質を大事に扱うっていうのは、いつの世も常識だ。着替えは……後で出しておいてやるよ」

柊はもうなにも言えなくて、唇を尖《とが》らせて小さく首を上下させた。

父親が姿を見せるまで、か。いつになるんだ？　それまで、ここで藤司と二人……？

漠然《ばくぜん》とした不安が胸を過《よぎ》る。

コッソリ藤司の横顔に目を向けたけれど完璧《かんぺき》なポーカーフェイスで、なにを思っているのか読み取ることは困難だった。

《五》

右手に持っていたマグカップをテーブルに置いた藤司が、ボソッと無愛想に「七十点」と口にする。

「だが、最初に比べたら進歩だな。アレは零点《れいてん》以下だった」

「文句があるなら飲むな」

自分ではいい出来だと思っていたお茶に微妙《びみょう》な点を下された柊は、ソファに座っている藤司を横目で見ながら、短く言い返した。

「俺は、七十点と言っただけだ。それを文句だと受け止めるのは、おまえも及第点《きゅうだい》だと感じていない証拠《しょうこ》だな。ってわけで、次はもっとがんばりましょう」

反論を思いつかない柊は、ぐぐ……と奥歯を噛《か》んで不貞腐《ふてくさ》れた顔で黙り込む。弁の立つ藤司に、口で勝つことができない。

「そんな、渋《しぶ》い点かなぁ」

七十点と採点された紅茶を口に含《ふく》み、複雑な気分になる。確かに……七十点くらいが、妥当《だとう》だ。

藤司が淹《い》れてくれた『お手本』は、同じ茶葉を使って淹れたものだと思えないほど美味《おい》しかった。色も渋みも、香《かお》りさえ違う。

「渋いだろ。ミルクを入れれば飲みやすくなる」

「……ご親切に、どーも」

カップにミルクを注がれて、ポツポツと返した。

悔《くや》しいけれど、このままでは渋いのは事実だし、ミルクを入れれば飲みやすくなるのも否定しない。

「おい、焦《こ》げたパンを無理して食うなよ意地っ張り」

トースターから少し目を離《はな》した隙《すき》に、香《こう》ばしいと呼べるかどうかギリギリの状態になってしまった。

柊は、かろうじて香ばしいと思っていたものを、藤司は焦げていると指摘《してき》して、眉《まゆ》を顰《ひそ》める。

「ここだけ除《よ》けたら、どうってことない。ジャムを塗《ぬ》ったら誤魔化《ごまか》せるし。捨てるの、もったいない」

端《はし》の部分を千切って、タヌキ色のところにはジャムを塗りつける。水分が抜《ぬ》けきってパサついているが、サクサクだとプラスに変換《へんかん》して咀嚼《そしゃく》した。

そんな柊を、藤司は少し意外そうな顔で見ている。

「お坊《ぼっ》ちゃんの口には、合わないかと思ったが」

「おれは、マリー・アントワネットかよ。焦がし……香ばしくしたの、おれだし。無駄《むだ》なことはしない」

昨日のように炭のような真っ黒焦げならともかく、これくらいなら平気だ。

そう答えた柊に、藤司は、

「いい子だな、桃太郎」

などと口にして……不意に表情を緩《ゆる》ませた。予想もしていなかった、やわらかな表情とセリフに、心臓が奇妙《きみょう》に脈打つ。

「いい子ってなんだよ。三つしか違わないんだから、ガキ扱いするな」

これは、きっとアレだ。赤信号を守ったら、普通《ふつう》の人だと当然のことだからなんとも思わないのに、見るからに悪人そうな人だとものすごくいいことをしているように見えてしまうのと、似ている。

柊がそんなことを考えているなどと思いもしないだろう藤司は、マイペースで朝食を終えて空になった皿を指差した。

「片づけはおまえがやれよ。皿を割ったら、お仕置きだからな」

「わかってるよ」

食後の片づけを言いつけられて、ボソッと答える。最後に残しておいたプチトマトを食べ終えて、重ねた食器を手にして立ち上がった。

妙《みょう》な感じだが、藤司の別荘《べっそう》で過ごすのも三日目となると、不本意ながら馴染《なじ》む。

ここに連れて来られた日は、柊を『人質』だと言う藤司の真意を測りかねて警戒《けいかい》するばかりだった。

どんな無理難題を言いつけられるのかと思えば、呆《あき》れながらカレーの作り方や米の炊《た》き方を教えられて普通に食事を食べさせてくれる。バスルームまで使わせてくれて、ここで寝《ね》ろとソファベッドを指差された。

藤司は奥の寝室《しんしつ》らしい部屋に引っ込んでしまい、監視《かんし》されているという感覚は皆無《かいむ》に近かった。夜のあいだに逃《に》げ出そうと思えば、不可能だったわけではない。

それを思い留《とど》まったのは、藤司に言われた言葉が頭の隅《すみ》に引っかかっていたせいだ。

父親を犯罪者にしたくないなら……と、どこまで本当かわからない脅し文句は、柊にとっては目に見えない鎖《くさり》だ。

藤司と共に過ごすようになって丸一日が経《た》つ頃《ころ》には、警戒し続けることに疲《つか》れてしまった。

藤司が緊張感《きんちょうかん》なく柊に接してくるせいで、自分だけピリピリすることができなくなってしまったのだ。

「お皿を割ったら、嫌味《いやみ》を言われるからな。そっと……そっと」

シンクの前に立って皿洗いをしながら、数々の嫌がらせ……藤司曰《いわ》く「退屈《たいくつ》しのぎ」を思い出して、頬《ほお》を引き攣《つ》らせた。

潤《うるお》いがないから、裸《はだか》エプロンをしてみるか？　とか。

流行《はや》りのメイドナントカを真似《まね》て、「ご主人様」と呼んでみるか？　とか。

なにが楽しいのか、藤司は柊が反発するたびに「いい反応だな」と笑って柊の神経を逆撫《さかな》でする。

アレは、本気で柊の裸エプロンを見たいだとかご主人様と呼ばれたいわけではない。柊がどんな顔をするか窺《うかが》って、面白《おもしろ》がっているのだ。

無視すればいいのかもしれないけれど、そう徹《てっ》することのできない自分が嫌になる。

それも、今日で三日だ。

バカにされながら紅茶の淹れ方を教わったり、トーストを焼いたりベーコンエッグを作ったり……という作業も、確かにやってみると面白いと知った。

これまで、自分がどれだけ『お坊ちゃん』だったのか、悔しいけれど嫌と言うほど突《つ》きつけられたのも事実だ。

大きなため息をついた柊は、手の水気を拭《ぬぐ》ってキッチンカウンターを回り込んだ。リビングのソファに腰《こし》かけてパソコン画面を見据《みす》えている藤司に、話しかける。

「終わったよ、皿洗い」

「ああ、ご苦労さん。……そうだ、柊。家事能力がゼロでも、お遣《つか》いくらいはできるだろ」

ソファ脇《わき》に立っている柊を見上げた藤司は、そうしなければならないと決まっているかのように余計な一言をつけ足す。

柊は、ムッとして言い返した。

「普通にしゃべれないのか？　わざわざ、嫌味な言い方して……」

「人間って、図星を指されたらムカつく悲しい生き物だよな。で、お遣いをする自信がないのか？」

「それはっ、……内容による」

思わず、できる！　と即答《そくとう》しかけて思い留まる。

意地を張って勢いで言い返せば、後悔《こうかい》するのは自分だ。

「っくく……単純に挑発《ちょうはつ》に乗るかと思ったんだが、なかなか賢《かしこ》いな。簡単な買い出しだ。予定外の食い扶持《ぶち》が増えたせいで、用意してあった食材が足りなくなった。近くにジジババがやってる商店があるから、買い物をしてこい」

増えたという食い扶持は確かに自分だが、好きでここにいるわけではない。人質《ひとじち》だと宣言されたから、嫌味にも耐《た》えているわけで……。

そんなふうに反論すれば、飯を食わなくていいのか？　などと意地の悪いセリフが返ってくるだろうと想像がつく。

だから、喉元《のどもと》まで込み上げてきた文句を飲み込んで、

「わかった。なにを買ってくればいい？」

と、うなずいた。

思案の表情を浮《う》かべた藤司は、「メモをしておく」と嘆息《たんそく》して柊から視線を逸《そ》らし、余計な一言をつけ足した。

「チョコでもポテチでも、好きなおやつを一つだけ買っていいぞ。お遣いのお駄賃《だちん》だ」

「……子供じゃないんだから、いらねーよっ」

反射的に突っぱねた直後、ちょっぴり後悔したのは……知られないようにしよう。

「ここ……か」

行けばわかると、適当な言葉と共に藤司に送り出された柊が向かった商店は、確かに迷うまでもなく見つかった。だいたい、他《ほか》に店らしきものがないのだから、間違《まちが》えようがない。

この島に来た日、柊が泊《と》まった民宿がある地区は、定期船が発着する船着き場が近いせいかコンビニエンスストアがあった。

けれど、船着き場とは反対側のこのあたりは年季の入った住宅が点在しているだけなので人口が多くなく、コンビニなどはないのだろう。

テレビでしか見たことのない、レトロな『商店』だ。大きさはコンビニエンスストアと同じくらいだけれど、木枠《きわく》の引き戸といい昼間なのに薄暗《うすぐら》い店内といい、これまで柊が足を踏《ふ》み入れたことのない空間に少し戸惑《とまど》う。

「こんにちは」

半分だけ開いている戸口から、おずおずと店内を覗《のぞ》き込んだ。

壁際《かべぎわ》の棚《たな》には新鮮《しんせん》な野菜や果物が並び、冷蔵ケースには肉や魚のパックがある。調味料やインスタント食品、子供向けのお菓子《かし》……簡素な品揃《しなぞろ》えながら、ひと通り日用品まで売られているようだ。

柊の声が聞こえたのか、人の気配を察したのか。

「はいはい、いらっしゃい」

割烹着《かっぽうぎ》を身に着けた七十代と思わしき女性が、のんびりと奥から出てきた。この人が、藤司の言っていた商店主だろう。

戸口に立つ柊を目にして、「あれまぁ」と目を瞠《みは》る。

「珍《めずら》しいお客だ。外の人かい？　観光？」

「い、いえ観光じゃなくて……えっと、大学のフィールドワーク……で。あの、これをいただきたいんですが」

藤司が記したメモを差し出すと、女性は皺《しわ》の刻まれた小さな手で受け取った。顔の前に近づけてマジマジと見ていたけれど、「見えん」と柊に返してくる。

「置いてある場所を教えるから、あんたさんが読んでくれるか」

「あっ、はい。えっと……ハムと卵、キャベツ……」

一つずつ読み上げる柊に、彼女は迷いなく「右の奥」とか、「冷蔵ケースの左端《ひだりはし》」と答えていく。

すべて読み終える頃には、レジ台のところに商品の山ができていた。驚《おどろ》くことに、柊が読み上げた時点で頭の中で計算していたのか即座《そくざ》に合計金額を告げられて、預かっていた紙幣《しへい》を差し出す。

「はい、お釣《つ》り。こんなに小さいのに、学校の勉強で島まで来るなんて偉《えら》いね。どこに泊まっているんだい？　食材を買い込むってことは、民宿じゃないだろ。山にテントを張っているのかね」

せっかく褒《ほ》めてくれている彼女には悪いが、小さい子扱《あつか》いされた柊は複雑な気分で言葉を返した。

「あの、おれ成人しているので、偉いって言われるほど小さくないです……よ。知人の別荘に、お邪魔《じゃま》しているんです。そこの、海の傍《そば》にある……」

しどろもどろな口調になってしまったのは、自分が置かれた状況《じょうきょう》をどう答えればいいのかわからなかったせいだ。

藤司のことをどう表現すればいいのかも迷い、知人というのが無難かと言葉を選べば、女性はパッと顔を輝《かがや》かせた。

「ああ！　あそこの別荘《べっそう》ってことは、藤司坊《ぼっ》ちゃんのところか。じゃあ、藤司坊ちゃんのお友達かい？」

「と、もだち……ではないかも、ですが。うーん……知り合い、ですね」

藤司を友達とは呼べない。アチラも迷惑《めいわく》に違《ちが》いない。苦笑いで迷い迷い答えた柊をよそに、女性の態度が親しげなものに変わる。

「藤司坊ちゃんは昔から年に何度か別荘に来るけど、いつも一人で……お友達が一緒《いっしょ》なのは初めてだ。別荘にまで入れるなんて、あんたさんによっぽど気を許しているんだね。……そういや、名前は？」

「も……じゃなくて、柊です。ヒイラギ、って書いて柊」

咄嗟《とっさ》に『桃瀬』を呑《の》み込んだのは、この人が藤司のことをよく知っているような口ぶりだったせいだ。

藤司坊ちゃんという呼び方が、彼女の藤司への親しみ深さを物語っている。この島の大地主は鬼柳家なので、昔から知っていても不思議ではない。

つまり、言うなればここは鬼柳のテリトリーで、これくらいの老人だと『桃瀬』の名前を『桃太郎』に繋《つな》げる可能性もあるかと思い至ったのだ。自意識過剰《かじょう》かもしれないけれど、この場で『桃瀬』を名乗ることを避《さ》けたかった。

「柊ちゃん、か。藤司坊ちゃんにも、仲良しのお友達がいると知って一安心だ。これからも仲良く遊んであげてねぇ」

笑って柊の腕《うで》を叩《たた》いた彼女は、割烹着のポケットから大きな黒飴《くろあめ》を取り出して柊の手に握《にぎ》らせた。

「お遣《つか》いのお駄賃。重いから、気をつけて持って帰るんだよ」

「あ、ありがとうございます」

あからさまな子供扱いには苦笑するしかなかったけれど、せっかくの厚意《こうい》を無下にできず、大きな黒飴をありがたくいただくことにする。

ふと彼女が視線を向けた先には、食材を収めた大きなビニール袋《ぶくろ》が二つ。キャベツや卵、牛乳パックもあるので見るからにズッシリしている。

「これ……一人じゃ無理かね」

一人で持ち帰れるのかと心配されて、柊は「大丈夫《だいじょうぶ》です」と答えたのに、彼女の耳には届かなかったのかもしれない。

「ちょっと、あんた！」

大きな声で、店の奥に呼びかける。なにかと思えば、「なんだ」と答えながらご主人らしき初老の男性が出てきた。

「藤司坊ちゃんのお友達らしいんだけど、別荘まで荷物運びを手伝ってあげとくれ。柊ちゃん、藤司坊ちゃんによろしくね。たまには、昔みたいに遊びにおいでって伝えて」

「わかりました。お伝えします。でも、おれ一人で持って帰れるので」

「……この二つか？　自転車に載《の》せるか」

「あの、あ……」

年齢《ねんれい》のせいもあるのか、随分《ずいぶん》とマイペースなご夫婦《ふうふ》だ。

柊が話し終えるのを待つことなく、男性がビニール袋を手に持って商店の外に出て行ってしまう。

おろおろする柊に、女性が近くの棚にあったビスケットの袋《ふくろ》を差し出してきた。

「そうだ、これはオマケ。藤司坊ちゃんの好物だから」

「ありがとうございます。お言葉に甘えていただきます」

断らなかったのは、藤司の好物だという一言のせいだ。可愛《かわい》らしい動物型のビスケットが、いくつのときの藤司の好物なのかはわからないが。

「あらあら、お行儀《ぎょうぎ》のいいこと。気をつけて帰るんだよ」

「はい。じゃあ……」

ぺこりと頭を下げた柊は、小走りで商店を出た。

きょろきょろと見回すと、自転車を押した男性の姿が予想より遠くにあって、慌《あわ》てて後を追う。

「す、すみません」

ようやく追いついた柊が荷台に載せられたビニール袋に手を置くと、男性はゆっくりとした歩みを止めることなくポツリと口を開いた。

「藤司坊ちゃんのお友達だって？」

「……はい」

わざわざ否定するのが面倒《めんどう》で、仕方なくうなずく。前を見ていた男性が、チラッと柊に目を向けてきた。

「鬼柳家がどんな家か、知ってるのか？」

どんな家とは、随分と意味深な言い回しだ。

鬼柳家といえば、世間的には大企業《だいきぎょう》で……上流階級に属する旧家。知名度としては桃瀬家と同じくらいだが、現在の立ち位置としては鬼柳家がずっと上だ。

でも……この、『鬼が島』では、どうだろう。

「どんな……って、だいたい……ですが。鬼柳家は、かつてこの島を住処にしていた鬼の子孫……ですよね」

大昔、この島は『鬼』が支配していたと言い伝えられている。無法者で、乱暴で、田畑を荒《あ》らして家畜《かちく》を食らい……全国各地から集めた金銀財宝を、隠《かく》れ家《が》に溜《た》め込む。島民は粗暴《そぼう》な『鬼』に怯《おび》えて暮らしていた。

そんな『鬼』を、『桃太郎』が成敗したと聞かされているのだが、この老人も先ほどの女性も、『鬼』に悪感情を抱《いだ》いているふうではない。

鬼柳の名を持つ藤司が、その『鬼』の子孫だと知らないはずはないのに……？

「だいたい、か。世間的には、鬼は悪者だろう。でも、わしらは逆だ。かつて……何百年も昔のことだが、力持ちの鬼が川をせき止める大岩を除《よ》けてくれたおかげで、氾濫《はんらん》を防げたらしい。何十人もの村人の命が救われた。そこの燈台《とうだい》を作るための土台も、鬼が山から切り出してくれた巨石《きょせき》だ。今でも使っておる。鬼のおかげで、現代のわしら島民がいる」

「え……」

予想外のエピソードをいくつも聞かされ、柊は目を見開いて絶句した。

男性が語った『鬼』についての過去は、初めて耳にするものばかりだった。この土地に昔から住む人たちのあいだでは、『鬼』は悪ではない？

それなら、……『桃太郎』は？

チラリと頭を過《よぎ》った疑問が聞こえたかのように、男性が続ける。

「桃太郎が鬼を退治しただなんて、忌々《いまいま》しい。わしらの先祖と鬼はきちんと共存していたのに、突然《とつぜん》外から乗り込んできた余所者《よそもの》がメチャクチャにしおって。そこにある双子島まで桃太郎に奪《うば》われたのだが、噂《うわさ》によれば鬼柳家の先代が取り返したらしいな。そいつに関しては、よかった」

そこ、と口にしながら目を向けた男性の視線の先を追うと、あの小島が先日よりずっと近くに見えた。

藤司と夜釣《よづ》りをした場所からは、もっと遠かったし船は島を回り込んだせいで、そこそこ距《きょ》離《り》を感じたのだが……ここからだと、本当に目と鼻の先だ。海流が複雑だと知らなければ、泳いで渡《わた》れそうなくらいだった。

「この島では、桃太郎は正義の味方じゃないんです……ね」

ポツンとつぶやく。

柊は、自分がどんな顔をしているのかわからない。

苦いものが浮《う》かんでいるかもしれないけれど、柊の二、三歩前を歩く彼が振《ふ》り返らないのは幸いだった。

「そりゃそうだ。このあたりじゃ、子供に桃太郎の絵本を読み聞かせる親は今でも一人もいないぞ。あんな、嘘《うそ》っぱちな昔話など……ったく、腹が立つ。観光客のおかげで島内が潤《うるお》っているから、世間さんに向かって大きな声では言えないが。今でもわしらは、鬼を友人だと思ってるんだ」

ブツブツと文句を零《こぼ》す男性に、もうなにも言えなかった。まさか、自分がその……『桃太郎』の子孫です、なんて名乗れるわけがない。

ここだと、『桃太郎』と『鬼』の立場は世間一般《いっぱん》とは真逆か。現在でも、鬼の遺跡《いせき》と言われているもののおかげで島外から観光客を呼び込むことができているのだから、鬼柳家の関係者である藤司に好感情を抱いても当然なのかもしれない。

「藤司坊《ぼっ》ちゃんを誤解せず、仲良くしてくれる友達がいるのはいいことだ。柊と言ったか。あんたは、桃太郎の嘘になんか振り回されるなよ」

「は……い」

柊は、足元に視線を落として消え入りそうな声でそう答える以外に……どうすることもできなかった。

柊自身も、心のどこかに引っかかっていた懸念《けねん》。桃太郎は、本当に正義の味方で……鬼は悪なのかと、そんな疑念が深くなる。

でも、だからといって彼の語る『桃太郎』と『鬼』の過去を頭から信じて、考えを変えることなどできない。

それは、桃瀬家の歴史を根底から覆《くつがえ》すのと同じだ。

「ほら、鬼柳さんの別荘《べっそう》だ」

「あ、ありがとうございましたっ」

歩みを止めた男性に自転車の荷台から下ろしたビニール袋を差し出されて、両手で受け取ると深く頭を下げる。

荷物がなくなって身軽になったからか、男性は自転車に跨《また》がって来た道を戻《もど》っていった。

声が聞こえていたのか、ドアが開いて藤司が顔を出す。

「柊？　戻ったのか。ぼーっと突《つ》っ立って、どうした？」

「な……んでもない。これ、言われてた買い物。キッチンのところに置いておく。ナマモノは、冷蔵庫だよね」

建物の階段を駆《か》け上り、藤司の脇《わき》をすり抜《ぬ》けて玄関《げんかん》に入る。

今の自分がどんな顔をしているのか、わからない。理由を聞かれても、鬼についての話を聞いたせいだと、藤司には言えない。

沈黙《ちんもく》はなんとなく息苦しくて、ビニール袋《ぶくろ》の一番上に置いてあったビスケットを手に振り返る。

「あと、これ。おばあさんから藤司さんに……ってビスケットをもらってきた。可愛い、動物型のやつ。好物なんだって？」

早口で言いながら、藤司にビスケットの袋を差し出す。『可愛い』という一言をつけ足したせいか、藤司の声にほんの少し苦いものが混じった。

「バカにするなよ、動物ビスケット。美味《うま》いんだからな。……懐《なつ》かしいなぁ。茶を淹《い》れて、おやつに食うか」

「じゃあ、おれが淹れる。今度こそ、高得点を狙《ねら》うからなっ」

顔を合わせなくて済む理由ができたとばかりに、そそくさと藤司に背を向けて小走りでキッチンに入ると、電気ケトルに手を伸《の》ばす。

胸の奥が、もやもやしている。

……これは、なんだろう。

桃太郎と……鬼。

よく目にする、子供向けに描《か》かれている可愛らしいイラストが、頭の中でグルグルと渦巻《うずま》いている。

なにが正しくてなにが間違《まちが》っているのか、今の柊にはわからないことばかりだった。

ただ、老夫婦《ふうふ》が藤司……『鬼』に悪感情を持っていないことだけは、確かだ。

桃瀬家にとっては、大昔から桃瀬の所有するものであり先代が不本意ながら鬼に譲《ゆず》り渡すこととなった例の小島も、鬼側の彼らにとっては『鬼の住処だったのに桃太郎に奪われた。無事に奪還《だっかん》できてよかった』と、百八十度異なる解釈《かいしゃく》になる。

彼が語った『鬼』のエピソードも、どこまで事実なのだろう。力持ちで心優《やさ》しい鬼が、島の危機を救ったなど……柊は初耳だ。

こうして藤司と一緒《いっしょ》にいる時間が長くなるにつれ、以前から抱いていた複雑な感情が増していくみたいだった。

桃太郎こそ、鬼にとっては侵略《しんりゃく》者なのではないか……と。

初めて逢《あ》った夜、藤司に向かって語った桃太郎と鬼に関する疑問は、あの場で思いついたものでも偽善者《ぎぜんしゃ》ぶった出任せでもない。

子供の頃《ころ》から、密《ひそ》かに胸の裡《うち》で抱き続けていたことだ。

老夫婦の話を聞いたことで、ますます疑念が深まる。

白い蒸気を噴《ふ》き始めた電気ケトルを見詰《みつ》めていると、思いがけない近距離《きんきょり》から藤司の声が聞こえてきた。

「おまえ、バカ正直だな」

「……えっっ」

驚《おどろ》いた柊は、パッとケトルから視線を外して声のほうへと顔を向けた。

柊のすぐ隣《となり》、三十センチほどの位置に藤司が立っている。目が合った柊に、苦笑いを滲《にじ》ませた。

「買い物だよ。素直《すなお》に買い物だけして、帰ってくるとか……。現金を持って一人で外に出たんだ。俺から逃《に》げ出す、絶好のチャンスだったんじゃないか？　船の切符《きっぷ》を買っても釣《つ》りが出るだろ」

逃げるチャンスだったのに、どうして戻ってきたのだと藤司に言われて、トクンと心臓が大きく脈打つ。

「それ、は……」

言葉尻《ことばじり》を濁《にご》し、『理由』を探して視線を泳がせる。

柊も、一度も考えなかったと言えば、嘘になる。

この『鬼が島』は、それほど大きな島ではない。船着き場のある島の反対側まで、歩いても二時間ほどあれば辿《たど》り着くはずだ。

でも、藤司に虐《しいた》げられているわけではないし、財布《さいふ》も取り返していないし……島から出られたとしても、自宅までたどり着く資金も術《すべ》もない。

なにより、当初の目的である……『鬼の財宝』探しも諦《あきら》めていない。

「人質《ひとじち》、って言われてるし。父親、犯罪者になられたら困る……し」

ポツポツと藤司に答えた尤《もっと》もらしい理由も含《ふく》めて、自分に対する言い訳のようだと薄々《うすうす》感じていながら、あえて目を逸《そ》らした。

世間的に語られている『鬼』の印象と、老夫婦が友人だと語る『鬼』は違《ちが》い過ぎて、戸惑《とまど》うばかりだ。

少し前の柊なら、老夫婦は『鬼』に騙《だま》されているのだと眉《まゆ》を顰《ひそ》めていたかもしれない。けれど、鬼の末裔《まつえい》である藤司を見ていたら、想像していたような横暴で傲慢《ごうまん》で冷酷《れいこく》な『悪』と決めつけられなくなった。

『桃太郎』を祖先に持つ自分は、『鬼』について、もっと知るべきなのではないだろうか。

他者から聞かされるものばかりではなく、直《じか》に『鬼』と接した上で、自身で考えるべきではないだろうか。

今はなにもかもが中途半端《ちゅうとはんぱ》で、こんな気持ちを抱《かか》えたままこの島を出ることはできそうにない。

「なるほど。嫌々《いやいや》ながら、仕方なく戻ってきたか。まぁ、当然だな人質。それらしく、もっと役に立てよ」

何故《なぜ》か声のトーンを落とした藤司は、そう言い残して柊に背を向けた。

柊はどうして藤司が機嫌《きげん》を降下させたのかわからず、キッチンカウンター越《ご》しに藤司の後ろ姿を見据《みす》える。

「なんで、おれ……こんなモヤモヤしてるんだろ」

心臓……違う、もっと胸の奥が息苦しいような感じがして、藤司から視線を逸らした柊はTシャツの胸元《むなもと》をギュッと握《にぎ》り締《し》めた。

明るい日中、初めて一人で歩いた『鬼が島』は、綺麗《きれい》だった。

海岸線に沿って走る舗装《ほそう》された道路から、島の中心となる山に向かって小道がいくつも延びていて、木々や草花が艶《つや》やかな緑色の葉を茂《しげ》らせている。ここまで送ってくれた老人が語るように、かつて『鬼』がこの島を守っていたのなら、その鬼は自然を愛《め》でて人々に心を添《そ》わせる豊かな感性を持っていたのだろう。

鬼と同居していた島民の子孫である彼らは、今も『鬼』に親しみを感じ……鬼柳家の人たちを慕《した》っている。

ここでの余所者《よそもの》は、『桃太郎』なのだ。

「おい、柊。なにボーッとしてる？」

「あ、あ……っ、ごめん」

藤司の声で我に返った柊は、目の前に並べているティーポットやカップに慌《あわ》てて手を伸ばす。

蒸気を噴いていたケトルは、とっくに電源が落ちている。湯の温度も下がっているだろうから、再沸騰《ふっとう》させるべきか。

そう思いながら手を伸ばして取っ手を摑《つか》もうとしたけれど、慌てるあまり摑み損《そこ》ねてしまった。しかも、満水ラインぎりぎりまで水を入れていたせいで、ケトルが揺《ゆ》れてこぼれた湯が指先に飛びかかってくる。

「アチ……ッ」

熱いというより、痛い。

パッと勢いよく手を引くと、今度はティーポットやカップをなぎ倒《たお》すことになってしまい派手な音が響《ひび》いた。

「おいっ？　火傷《やけど》したんじゃないか？」

大きな音に驚いたのか、大股《おおまた》でキッチンカウンターを回り込んできた藤司に、右手の肘《ひじ》あたりを強く摑まれた。

「ごめん、カップとか割れてないと思うけど」

「バカかっ。カップなんかどうでもいいんだよっ」

これまでにない剣幕《けんまく》で怒鳴《どな》りつけられて、ビクッと肩《かた》を竦《すく》ませた。痛いくらいの力で腕《うで》を掴まれたまま、シンクに誘導《ゆうどう》される。

「すぐに水で冷やせ。どん臭《くさ》いなっ」

「……そんな、大袈裟《おおげさ》な」

「火傷は後から痛くなるんだよ。とろとろするな」

勢いよく水が流されて、右手をその下に突《つ》っ込まれる。さっきまで肘のところにあった藤司の手は、今は柊の手首を掴んでいて……無言でその手を見下ろした。

大きな手だ。指が長いので、簡単に柊の手首を回り切ってしまう。

「あの、もう大丈夫《だいじょうぶ》だから」

「……見せろ。少し赤いだけで、水ぶくれとかはできていないな」

柊の手を掴んだまま、顔のところに上げてマジマジと指先を検分される。ホッとしたように、藤司の手の力が緩《ゆる》んだ。

「ちょっとかかっただけなんだって。あ、ありがと」

なんとなくドギマギと口にして身体《からだ》を引こうとしたけれど、背中がトンと藤司にぶつかって動きを止めた。

反射的に背後を振《ふ》り仰《あお》ぐと、思いがけず近くに藤司の顔があって驚きのあまり心臓が大きく脈打った。

藤司の長い腕の中、胸元にすっぽりと抱《だ》き込まれているみたいな体勢だ。

背中に藤司の体温が伝わってくるくらい密着していることに気づき、途端《とたん》に落ち着かない気分になる。

「ごめん、なさい。あ、カップとかティーポット、欠けたりヒビが入ったりしてないかきちんと確認《かくにん》しないと」

「そんなのどうでもいい、って言っただろ。ったく、危なっかしいっつーか……これだからお坊《ぼっ》ちゃんは」

カッと頬《ほお》が熱くなったのは、呆《あき》れたように『お茶を淹《い》れることもできないお坊ちゃん』呼ばわりされたせいだ。

決して、藤司に抱き込まれるような体勢を妙《みょう》に意識したことが理由ではない。絶対に、違う。そうでなければならない。

必死で自分に言い聞かせながら、ジリッと足を引く。

「変な顔をして、どうした？　あ、他《ほか》にも痛いところが」

「違《ちが》うっ。なんともない。変な顔は、元からだよっ」

こんなふうに近くにいたら、指先までズキズキするような動悸《どうき》が藤司に伝わってしまうかもしれない。

もぞもぞと身を捩《よじ》らせた柊は、囲まれている藤司の腕の中から抜《ぬ》け出してしどろもどろに口

を開いた。

「だいたい、お坊ちゃん……は、藤司さんも、似たようなものだろ」

「なにが？」

唐突《とうとつ》な言葉に、藤司は訝《いぶか》しげに聞き返してくる。

なに、とは柊も自分に聞きたい。これは、なんだろう？　なにが、こんなに恥《は》ずかしいのだろう。

胸の内側が、変に熱くて……自分がなにを言えばいいのか、どんな顔をしているのかわからない。

でも、沈黙《ちんもく》はもっと怖《こわ》くて、思いつくまましゃべり続ける。

「お爺《じい》さんたち、藤司坊ちゃんって言ってたし！」

「ああ……そりゃまぁ、お嬢《じょう》ちゃんではないな」

飄々《ひょうひょう》とした、普段《ふだん》と変わらない調子の声で言い返してきた藤司に、うつむいたまま奥歯を噛《か》んだ。

藤司にとって、こんなふうにすることは特別なことではないのだと突きつけられたみたいだ。

これが柊ではなくても、きっと同じように動いていた。

それなのに、自分だけ変に心臓の鼓動《こどう》を乱していて……バカみたいだ。

「おまえは座ってろ。お茶は、特別に俺が淹れてやるよ」

ポンと柊の頭に手を置いた藤司が、転がっているティーポットやカップに手を伸《の》ばす。

柊は、うつむいたままのろのろと足を運び、ソファの隅《すみ》に腰《こし》を下ろした。足を引き上げて両《りょう》膝《ひざ》を抱《かか》えると、そこに額を押しつける。

「……んか、ワケわかんなくな……てきた」

藤司と一緒《いっしょ》にいると、困惑《こんわく》が増すばかりだ。

雉《きじ》・猿《さる》・犬の三人や桃瀬の関係者から聞かされていた『鬼《おに》』の像との相違《そうい》点を知るたびに、なにが正しいのかわからなくなって……柊の心は掻《か》き乱される。

なにより、藤司の真意が読めないままだ。

先祖の恨《うら》みを晴らすために自分を『人質《ひとじち》』にしている感じでもないし、からかったり嫌味《いやみ》や皮肉をぶつけてきたりしても、本気で虐《しいた》げようという意図は感じられない。

それどころか、こうして優《やさ》しいのではないかと戸惑《とまど》う場面もいくつもあって……。

「やっぱり、鬼なのかも」

相手は人心を乱す『鬼』だと、そんなふうに藤司に責任を押しつけることで、奇妙《きみょう》な動悸の理由や混乱の原因から目を背《そむ》ける。

追及《ついきゅう》して……答えが出るのが怖くて、逃《に》げたのだ。

キッチンの方からは、紅茶のいい香《かお》りが漂《ただよ》ってくる。藤司は、ズルい柊のことなど知る由《よし》もなくお茶を淹れてくれていて……罪悪感が増す。

変に優しくしないでほしい。藤司が嫌なだけの人間なら、これだから鬼は……と嫌悪《けんお》していられるのに。

「柊？　まさか、寝《ね》てるんじゃないだろうな。俺が淹れたお茶をありがたく飲みやがれ」

唇《くちびる》を嚙んだ柊は、頭上からそんな藤司の声が落ちてくるまで、長い時間動けずにいた。

《六》

「おー……賑《にぎ》わってる」

藤司に言いつけられた郵便物の投函《とうかん》のため、柊は定期船が発着する船着き場に出向いてきた。

久し振《ぶ》りに、藤司や島民以外の人を目にするな……と思いながら、待合室を眺《なが》める。

子供が夏休みの期間中のせいか、親子連れが多い。ふと、小学生の男の子が歌う『桃太郎』の歌が聞こえてきて、ほんの少し眉《まゆ》を寄せる。

別名が『鬼が島』というだけあって、待合室の一角には桃太郎伝説をモチーフにした銅製のレリーフが飾《かざ》られていた。

鬼から得た財宝を積み上げた荷車に、桃《もも》印の旗を掲《かか》げて仁王立《におうだ》ちする……可愛《かわい》らしくデフォルメされた桃太郎のイラストを見ていると、ここしばらく胸の内側に留《とど》まり続けているモヤモヤとしたものが色濃《いろこ》くなる。

「金銀財宝、か」

鬼の財宝がどんなものだったのかについては、漠然《ばくぜん》とした情報しかない。桃太郎の子孫である柊も、明確にはわからないのだ。

「小島に……宝物」

根拠《こんきょ》などないのに、あの双子島には『なにか』が存在する。そんなふうに頭の隅に引っかかっていて、無意識に親指の爪《つめ》を噛んだ。

なんだろう。なにか……重要なことを忘れていないか？

「ぅ……頭、痛い」

頭の片隅《かたすみ》で見え隠《かく》れしているかすかな欠片《かけら》に手を伸ばしたけれど、どうしても届かない。頭痛に阻《はば》まれて、緩く首を振った。

ダメだ。引っかかるものはあるのに、正体が摑《つか》めない。

「桃太郎さん、かぁ」

今度は、銅板に刻まれた『桃太郎の歌』の歌詞に目を留めて、小さく息をついた。

鬼退治《おにたいじ》に、雉・猿・犬を伴《ともな》って……か。

家を出て、もう五日になる。どこにも連絡《れんらく》を取れないことで、あれから家の状況《じょうきょう》はわからない。

智哉と圭市と剣太郎は、柊を捜《さが》しているのだろうか。

それとも、柊の父親と一緒に行方《ゆくえ》知らずになったという彼らの父親と、行動を共にしているのか？

「どうなってるのか、わかんないっていうのが一番厄介《やっかい》だなぁ」

ぼやいたところで、ふと切符《きっぷ》売り場の隅にあるグレーの公衆電話が目に留まった。最近はあまり見かけないものだけれど、人が多いところには残されているようだ。

大半はスマートフォンの電話帳に登録してあるので、今の柊がわかるのは自宅の電話番号くらいだ。

……かけてみようか。

そう思い浮《う》かび、ポケットを探《さぐ》った。藤司から預かった切手代の残りは、百円玉と十円玉が一枚ずつ。

釣《つ》りはどうした？　と聞かれたら、喉《のど》が渇《かわ》いてジュースを買ったとでも言って誤魔化《ごまか》してしまえ。

そう決めて、公衆電話の前に立った。受話器を持ち上げて、手の中に握《にぎ》り込んでいた硬貨《こうか》を落とす。

一つずつ慎重《しんちょう》に番号を押して、耳に押し当てた受話器から聞こえてくる呼び出し音に聴覚《ちょうかく》を集中させた。

「誰《だれ》か……誰でもいいから、出てくれ」

そう祈《いの》っていると、プツッと呼び出し音が途切《とぎ》れた！

柊が口を開くより先に、若い男の声が聞こえてくる。

『現在、桃瀬家の人間は全員留守でっす。オレはただの電話番なので、また後日かけ直してクダサイ』

相手を煙《けむ》に巻こうとでもするように、軽い調子でそんなことを言う男の声は……よく知っている人物のものだ。

「剣太郎」

『え……柊かっ？　柊だろ！』

柊が名前を呼びかけると、ガラリと剣太郎の声の調子が変わった。

勢い込んで聞き返されて、電話越《ご》しには見えないとわかっていながらコクコクと何度もうなずく。

「うん、おれ。あのさ、あまり長く話せないから手短に……。なんか、ウチが変なことになってるのって、本当か？」

『それは……変って言うか、ちょっと、いろいろあるだけで。それより柊こそ、鬼のヤツと一緒なのってマジかよ！』

「なんで、それを剣太郎が知って……っ」

『智哉と圭市には、心配しなくていいって言われたけど、心配して当然だ。相手は鬼なんだ。無体なこと、されてないか？　つーか、今どこにいるんだよ。もし逃げられない状態なら、オレが迎《むか》えに行くから場所を教えろっ』

「逃げるとか、逃げないとかって問題じゃなくて、おれが確かめたいのは」

『なに言ってんだ。大問題だろ。逃げたくないのか？　鬼と仲良しこよしってわけじゃないだろ。鬼の傍《そば》から逃げたくない理由なんて、なにが』

「だから、剣太郎……あ」

プー……と低い音が聞こえたかと思えば、プツンと通話が途切れる。長距離《ちょうきょり》電話だったせいか、ほとんど話すことができずに呆気《あっけ》なく切れてしまった。

確かめたかったことの、半分も聞けなかった。

一つ確かなのは、剣太郎が家の固定電話に出るのだから、やはり尋常《じんじょう》ではないなにかが起きているということで……。

「電話番をしていたのが剣太郎じゃなくて、智哉か圭市ならよかったのに」

それなら、もう少し建設的な話を聞けたに違《ちが》いない。剣太郎には悪いが、せっかくの貴重な機会を無駄《むだ》にしてしまった。

啞然《あぜん》とした心地《ここち》で受話器を見ていると、待合室に出港を知らせるチャイムが鳴り響《ひび》く。柊はビクッと肩《かた》を震《ふる》わせて壁《かべ》にかかっている時計を見上げた。

……そろそろ帰らないと、変に思われるだろうか。

でも、監視《かんし》すると言いつつ先日の商店への買い出しといい今日といい、柊を一人で送り出したのだ。

藤司が自分をどうしたいのか、やはりよくわからない。

受話器を握り締《し》めたまま、グレーの公衆電話を睨《にら》むように見据《みす》えながらグルグルと思いを巡《めぐ》らせる。

　そうしてぼんやり突《つ》っ立っていると、

「柊」

「っ、はい？」

　不意に背後から名前を呼ばれて、慌《あわ》てて受話器を戻《もど》しながら振《ふ》り返る。

　そこには、険しい表情の藤司が立っていた。チラリと公衆電話を見遣《みや》り、眉間《みけん》の皺《しわ》を更《さら》に深くする。

「あ……の」

「なかなか戻らないから、迷子になってるのかと思ったぞ」

　大きく息をついた藤司の額に、うっすらと汗《あせ》が見て取れる。冗談《じょうだん》めかした言い方だったけれど、柊を捜していたのは事実に違いない。

　いつも涼《すず》しい顔をしている男が、汗を滲《にじ》ませるほど慌てて自分を捜していた。そう思えば、なんとも形容しがたい不可解な感情が湧《わ》き起こる。

　きっと、言葉どおりに、迷子になっているのではないかと心配していたのではない。人質《ひとじち》に逃《に》げられてしまったら困るから……？

　それなら、柊を一人で送り出すのではなく見張っていればよかったのに。どうする気か、試《ため》されていたのではないかとまで考えるのは穿《うが》った見方だろうか。

「戻るぞ」

低い一言と同時に手首を摑まれて、ピクッと指先を震わせる。

藤司の手が……熱い。手首に絡《から》む指はそれほど強い力ではないのに、振り解《ほど》くことができない。

汗を滲ませて、自分を捜していた藤司。その理由は、なんだろう。

「柊？」

動こうとしない柊の名前を低く呼び、視線を絡ませてくる。

今ここで、誘拐《ゆうかい》だ！　などと騒《さわ》げば、さすがに藤司も柊から手を離《はな》すだろう。でも……声が出ない。

「……ん」

強く奥歯を嚙《か》んだ柊は、無言でコクリと首を上下させて、のろのろと足を動かした。

藤司の別荘《べっそう》に『戻る』。その言葉に、反論できなかった。

鬼《おに》から逃げる気なら迎えに行くと言ってくれた剣太郎に、そうしてくれと即答《そくとう》できなかったのも……どうして？

逃げたくない理由なんて、あるはずがないのに。

藤司が考えていることも、自分が考えていることも、桃瀬家や自身の状況も。なにもわからなくて……混乱が増すばかりだ。

「藤司さん、おれ……郵便を出すって簡単なお遣《つか》いも任せられないくらい、なにもできないバカだって思われてる?」

足元に視線を落として、ポツポツと口にする。

藤司は柊の手首を摑《つか》んだまま、歩を緩《ゆる》めることなく言い返してきた。

「そんなこと、一言も言っていないだろう」

「でも、ホントに世間知らずっていうか……なーんもできないよなぁ、って思い知らされた。こんなに、自分一人でなにもできないんだって知らなかったこと自体が、恥《は》ずかしい……」

藤司に指摘《してき》されるまで、こんなにも世間知らずだという自覚さえなかった。

家事に関してだけでなく、藤司が語る社会的な時事も細かに説明されなければ理解できなくて、いかにあの三人に庇護《ひご》されていたのか突きつけられた。

道端《みちばた》を歩きながら情けなさを嚙み締めていると、前を歩く藤司が静かに言葉を返してくる。

「そうやって、できないって素直《すなお》に認められるってとこはおまえの長所だろ。恥ずかしいって感じるとこもだ。本物の馬鹿《ばか》は、それさえ目を背《そむ》けて気づかない。俺が学生の頃《ころ》は、ある意味もっと馬鹿だったぞ。おまえはいい子だよ、桃太郎」

「も、桃太郎って言うなってば。それに、子って歳じゃない」

思いがけず真面目《まじめ》な声と口調でそんなふうに言われて、じわじわと首から上が熱くなってくる。

子供扱《あつか》いされたことに憤《いきどお》っているのか、予想外にも慰《なぐさ》めるようなことを言われて気恥《きは》ずかしいのか、その両方なのか……わからない。

わからないけれど、言葉では形容できない息苦しさが胸の内側に渦巻《うずま》いている。

熱い。顔だけでなく、藤司に摑まれたままの手首も。

子供みたいに手を摑むなと言いたいのに、喉《のど》の奥で声が詰《つ》まっている。振り払《はら》うこともできない。

「ッ……」

自由なほうの手の甲《こう》で頰《ほお》をゴシゴシ擦《こす》っても、顔の火照《ほて》りは治まってくれない。心臓が奇妙《きみょう》に鼓動《こどう》を速めていて、落ち着かない気分が加速する。揺《ゆ》らぐ感情を全然自身で制御《せいぎょ》できなくて、泣きたくなってきた。

藤司が前を歩いていて……チラリとも振り返らなくて、よかった。きっと、とんでもなくみっともないことになっている顔を、見られたくない。

もともと、あの三人だけでなく友人たちからも単純な子供みたいだと笑われる柊は、うまく誤魔化《ごまか》す術《すべ》を知らない。

船着き場からの道中だけでなく別荘に戻ってからも態度がおかしいことは、藤司には感じ取られているはずだ。

今夜はパスタだった夕食を終えて食器の片づけを済ませた柊は、リビングのソファに腰《こし》かけることを躊躇《ためら》って……フローリングに敷《し》かれているラグの端《はし》へと座り込んだ。

直後、ソファに腰を下ろしてパソコン画面を眺《なが》めていた藤司から、

「おまえ、なんか変だな」

と、単刀直入に声をかけられる。

不意打ちに焦《あせ》った柊は、頭を左右に振りながら言い返した。

「なんかって、なにがっ？　別に、なにもないけど。さっきのおれが作ったスープ、美味《うま》かっただろ。ちょっとは、進歩した……」

「……湯を注ぐだけのインスタントだ。自慢《じまん》になるか、バカモノ。話題転換《てんかん》が下手《へた》すぎて、気づかなかったふりもしてやれないな」

呆《あき》れたような声に、グッと言葉に詰まった。

バカにしたな、と怒《おこ》ることもできなければ、咄嗟《とっさ》にこれ以上誤魔化すこともできない。こういう時に、自分の頭の回転が鈍《にぶ》いことを思い知らされる。

なにも言えなくなった柊に、藤司は大きなため息をついて腰かけていたソファから立ち上がった。

ゆっくりと近づいてくる藤司から、目を逸《そ》らせない。

なんだろう……藤司の纏《まと》っている空気が、これまでと違《ちが》う気がする。柊が知っているものより、重い。

気圧《けお》されていると認めるのは悔《くや》しいけれど、今の柊は正しく蛇《へび》に睨まれた蛙《かえる》だった。

「なに……怖《こわ》い顔、して」

へらりと笑って場の空気を変えようとした柊を、藤司は取り合ってくれない。釣《つ》られて笑うこともなく、言い返してきた。

「怖くて悪かったな。これが地顔だ。ストレートに尋《たず》ねようか。あそこで……どこに電話をして、なにを聞いた？」

公衆電話の受話器を握《にぎ》り締めていた柊が、どこかに電話をかけたことはお見通しか。

視線を揺らがせた柊は、小さな声で答えた。

「それは……秘密」

実際は、意味深に「なにを」と詰問《きつもん》されるようなやり取りはなかった。そう目論《もくろ》んだのは確かだが、柊が質問するまでもなく一方的に捲《まく》し立ててくれた剣太郎のせいで、空振《からぶ》りに終わってしまったのだ。

けれど、本当のことを告げるのはなんだか悔しくて、曖昧《あいまい》に濁《にご》すと藤司から顔を背ける。

そんな柊の態度は、なにかしら藤司のスイッチを押してしまったようだ。

ラグに座り込んでいる柊の脇《わき》で足を止めて屈《かが》んだ藤司は、柊の頭を鷲掴《わしづか》みにして目を合わせてくる。

「人質の分際で、そんな答えが通用すると思ってんのか？　家来の誰《だれ》かに、ここから連れ出せと助けを求めたってあたりか」

まるで、公衆電話の脇で柊と剣太郎のやり取りを聞いていたかのような、見事な読みだ。

焦るあまり、頭を固定されたまま視線だけ逃がして否定した。

「違《ちが》うっ。そんなことまで、話せなかった」

「……でも、家来に連絡《れんらく》はした、と。そして、話せなかったってことは、そのつもりだったと暴露《ばくろ》してるのと同じだ」

柊の迂闊《うかつ》さを「語るに落ちる」と切って捨てた藤司は、唇《くちびる》の端をほんの少し吊《つ》り上げる。柊をからかう時に見せるものとは異なる、冷酷《れいこく》とも言える笑《え》みは初めて目にするもので、ゾクッと背筋を冷たいものが伝った。

「他《ほか》は、なにを？　おまえの父親の行方《ゆくえ》や、鬼柳との事業提携《ていけい》については？」

「そんなことは、なにも……。だから、本当にほとんど話せなかったんだって。投入したコインが少なかったから、すぐに切れて……」

「交番に駆《か》け込めばよかったのに。スマホを水没《すいぼつ》させて困ってるといえば、電話くらい借りれただろう」

「……あ、その手があった」

藤司に言われて初めて、その方法があったのかと思いついた。船着き場のすぐ傍《そば》には、小さな交番があったのに。

目をしばたたかせる柊に、藤司は呆れたような笑みを浮《う》かべた。柊をバカにするような小憎《こにく》たらしいものだけれど、さっきの冷たい表情よりはずっとマシだ。

「この期《ご》に及《およ》んで、ここから逃《に》げ出したい……か？　重労働を強要しているわけでもないし、飯も食わせてやってるのになにが不満だ。人質《ひとじち》の環境《かんきょう》としては、最高ランクだろ」

「不満、っていうか……休暇《きゅうか》中で時間を持て余している藤司さんの、暇潰《ひまつぶ》しに使われてるだけだろっ。あんなの、どこで手に入れたんだよ。メチャクチャな嫌《いや》がらせだ」

「あんなの？」

「虎柄《とらがら》パンツ！　それも、桃《もも》マーク付き！」

話題に出すのも嫌だったが、話の流れで仕方なく口にする。

藤司は、取り上げた柊の荷物を返す代わりに、「コレを着替《きが》えにしたらいい」と紙袋《かみぶくろ》を差し出してきた。

妙《みょう》に親切だと訝《いぶか》しく感じたのだがやはり一筋縄《ひとすじなわ》ではいかず、そこには無難なTシャツだけでなく……悪趣味《あくしゅみ》極《きわ》まりない、虎柄パンツも入っていたのだ。

ボクサー型ブリーフの尻《しり》のところに大きな桃がプリントされていて、自分にとってはシャレにならない。

パンツを穿《は》かないわけにもいかず仕方なく着用したが、座るたびに『桃』を尻の下に敷き込むのは、なんだかムズムズして落ち着かないのだ。

「船着き場のところにある、土産物《みやげもの》売り場。ウレタン製だが、鬼《おに》の金棒もあったぞ。このあたりじゃ、鬼や桃太郎グッズには事欠かない。商魂逞《しょうこんたくま》しくて、なによりだ」

「嫌がらせのために、わざわざ買うなよ。肌触《はだざわ》りはいいけど、柄《がら》が悪趣味だ」

土産物売り場で入手して柊に押しつけてきたという藤司に、ガクリと肩《かた》を落とした。どんな顔で、アレをレジに持って行ったのだろう。

ジッと柊を見ていた藤司が、ふとなにかを思いついたようにニタリと笑う。

なんとも言い難《がた》い、嫌ぁな笑みだ。なにを言い出すのかと身構えた柊に、藤司は更《さら》なる嫌がらせを仕《し》掛《か》けてきた。

「肌触りがいいってことは、素直《すなお》に穿いてんのか。見せろよ」

「な……んだと。冗談《じょうだん》っ！　絶対に、嫌だ。お断りしますぅ。って、人の話を聞けっ。脱《ぬ》がせるな！」

ジタバタともがく柊をものともせず、藤司の手が伸《の》びてきてラグに転がされる。ジーンズではなく、ウエストが紐《ひも》のコットンパンツを穿いているのが不運だった。あっさりとコットンパンツを引き下ろされてしまう。

「うわっ、見るなってば！」

手で覆《おお》い隠《かく》そうとしても、無理な面積だ。呆気《あっけ》なく柊の手を振《ふ》り払《はら》い、藤司の視線がそこに注がれた。

「男同士だ。パンツを見られたくらいでグダグダ言うな。へぇ……似合うじゃないか。子供用のＬサイズがピッタリだし」

「っ、重ね重ね……失礼な人間だな！」

カーッと首から上が熱くなる。

虎柄パンツを穿かされたこと、無理やりパンツを見られたこと、子供用だったこと……どれに一番怒《いか》りを覚えればいいのか迷い、うまく言葉が出てこない。

憤《いきどお》りを突《つ》き抜《ぬ》けてしまったのか、闇雲《やみくも》に暴れることもできずに手足を投げ出していると、藤司は更に火に油を注いできた。

「カワイイな。似合うぞ。ふーん、確かに肌触りはなかなか。さすが、お子様用」

「か、わ……嬉《うれ》しくないっ！　褒《ほ》めてない！　ゃ、め……触《さわ》んなっ」

肌触りを確かめようとしてか、腰骨《こしぼね》の辺りから尻まで撫《な》で回されて、「ヤメロ」と繰《く》り返しながら身体《からだ》を捩《よじ》る。

男に撫で回されたりして、気持ち悪……くないのが、困る。嫌悪《けんお》よりもくすぐったさが勝っているみたいだ。

「や、やだ……って！　藤司さ……っ」

自分でもよくわからない感覚に惑《まど》うばかりの柊は、奇妙《きみょう》な緊張《きんちょう》でビクビクと腿《もも》の筋肉を強張《こわば》らせた。

「変な声を出すな。うっかり妙な気分になりそうだろ」

「妙、って……なんだよ。ぁ……ッ」

藤司が触《さわ》るせいだと訴《うった》えたいのに、言葉にできない。冗談ではなく『妙な声』を発してしまいそうになり、奥歯を噛《か》み締《し》めた。

柊を見下ろした藤司が、手の動きを止めて尋ねてくる。

「家来に助けを求めたとして、簡単に逃げられると……いや、逃げていいと思うのか？　自分の立場を思い出せ」

「それは……」

きちんと確かめられていないので、本当に父親が資金を持ち逃げしているのかどうかわからない。

でも、桃瀬家のなにかがおかしいことは確かで……。

この島を出たら事実を知ることができるのなら、どんなことをしてでも藤司から逃《のが》れるけれど、それもあやふやだ。

「少しばかり、おまえのことを甘やかしすぎたかもしれないな。勝手な行動には、お仕置きが必要か」

「や……なんだよっ。藤司さ……っん？」

中途半端《ちゅうとはんぱ》に、膝《ひざ》のあたりまで下げられていたコットンパンツを蹴《け》り落とされる。藤司がどうする気なのか読めなくて、覆いかぶさってくる厚い肩に手をかけた。

「抵抗《ていこう》してもいいぞ。逃げられると思うなら……な。しっかし、桃太郎を組み伏《ふ》せるというのは……なかなか愉快《ゆかい》だな」

言葉を切り、ククッと意地の悪い笑みを漏《も》らして柊の前髪《まえがみ》を掻《か》き上げる。真意を探《さぐ》ろうと見上げた藤司は、冷淡《れいたん》な視線でジッとこちらを見下ろしていた。

桃太郎を、という一言が自分たちの立場を改めて突きつけてくる。

抵抗……できないのは、藤司が鬼柳の人間だから。自分は人質で、抗《あらが》う権利などなくて……でも、嫌がる理由はいくつもあるはずだ。

それなのに、全身が硬直《こうちょく》しているみたいで指先を動かすことさえできない。声もロクに出なくて、唇《くちびる》を震《ふる》わせるだけになる。

もし、自分が『桃瀬』ではなく、藤司が『鬼柳』でなければ。あの、並んで夜釣《よづ》りをした時のように、名前だけしか知らない関係だったら。

抵抗できないことの、言い訳は……ないかもしれない。

唐突《とうとつ》にそんなことに気づいてしまい、狼狽《ろうばい》する。柊の目は、藤司を追い越《こ》して天井《てんじょう》をさ迷っているはずだ。

Tシャツを捲《まく》り上げたところで違和感《いわかん》に気づいたのか、藤司が手の動きを止めた。

「あれ、抵抗しないのか？」

「できない……だろ。立場を思い出せって、藤司さんが言ったんだ」

抵抗できなかったことの理由は別にあるのに、そうして藤司に責任転嫁《てんか》する自分が……なにより嫌《きら》いだ。

ズルくて、みっともない。

けれど……こんな形で藤司に触《ふ》れられて、嫌悪ではなく疼《うず》くような甘い痛みが胸の奥から湧《わ》いてくるなんて、知らずにいたかった。

おかしい。どうにかなってしまったのではないだろうか。でも、自分ではこれがなんなのかどうすればいいのか、なにひとつわからない。

混乱の渦《うず》の中に落とされてしまったみたいで、今の自分がどんな顔をしているのか想像もつかなくて怖《こわ》い。

泣きたいような気分を抱《かか》えて顔を背《そむ》けると、押さえつけていた藤司の手からフッと力が抜けた。

「……え？」

「興醒《きょうざ》めだ」

短い一言を残して身体を起こした藤司が、ラグの端《はし》にあった柊のコットンパンツを拾って投げてくる。

藤司がどんな顔をしているのか、すぐに背中を向けられてしまったので柊には見られなかった。

震える手でコットンパンツを摑《つか》み、シャツに包まれた広い藤司の背をジッと見据《みす》えた。

どう考えても、つき合う女性に不自由しそうにない人だ。嫌《いや》がらせで男をどうにかしようと、本気で思うわけがないか。

抵抗するのを押さえつけるのは面白《おもしろ》くても、俎《まないた》の鯉《こい》のように「好きにしろ」とばかりに投げ出されてしまうと、興醒めだと言われても仕方がないのかもしれない。

なにより、おまえなんか相手にそんな気になるかと……現実を突きつけられたようで、胸の内側が奇妙にズキズキする。

暇潰《ひまつぶ》しの嫌がらせも、する気になれないのか。

そのことで、どうしてこんなふうに傷ついたような気分になるのか……突き詰《つ》めて考えない方がいいと、頭の中に警鐘《けいしょう》が鳴り響《ひび》く。

それこそが、『どうして』の答えだと目の前に突きつけられる。

苦しい。息が詰まりそうだ。こんなふうに、藤司と同じ空間にいたくない。

「おれ、ちょっと散歩……に行ってくる」

震える手でパンツに足を通すと、うつむいて早口でそれだけ言って玄関《げんかん》に走った。

背中に向かって、

「こんな時間に……待てよ、柊っ！」

そんな藤司の声が追いかけて来たけれど、足を止めることもできない。聞こえなかったように無視を決め込み、扉《とびら》を開けて外に飛び出した。

藤司が追ってきているかもしれないと思えば怖くて、振り向くこともできず海岸沿いの道路を走り続ける。

行くあては？

……そんなもの、ない。ただ、藤司と離《はな》れたかった。あれ以上一緒《いっしょ》にいたら、自分がなにを口走っていたかわからない。

心臓が壊《こわ》れそうなほど苦しくなって、ようやく立ち止まった。膝に両手をつき、ゼイゼイと荒《あら》い息遣《いきづか》いを繰り返しながら恐《おそ》る恐る背後を見遣《みや》る。

民家のない海岸線には街灯が少なく、柊が走ってきた道の向こうは夜闇《よやみ》に沈《しず》んでいる。藤司が追いかけてきている気配は……ない。

「は……っ、はぁ……っ、ふ……追いかけてなんか、来ない……か」

追って来るのではないかと意識していたのは、逆に考えれば『追ってきてほしかった』のだと、そんなことに気づきたくなかった。

「バカだろ、おれ」

ポツリとつぶやいて自嘲《じちよう》の笑《え》みを滲《にじ》ませた柊は、息が整い切らないうちに歩き始める。

少し歩いたところで、海岸に沿って走る道から山に向かって、未舗装《ほそう》の細い小道が延びていることに気がついた。

その小道とアスファルト舗装された道の境部分には、観光案内らしい小さな立て看板が設《しつら》えられていた。

「……鬼《おに》のテーブル」

少し離れたところにある街灯がかろうじて照らし出す文字を目に留めて、足を止める。

山への小道を指す矢印には、150Mというペンキの文字が添《そ》えられている。その先は、漆《しっ》黒《こく》の闇だ。

普段《ふだん》の柊なら、行ってみようなどとチラリとも考えない。

でも、今は……怖いとかそこに行ってどうするのかとか、なにもかもが頭から吹《ふ》き飛んでいた。なにかに誘《さそ》われるように、ふらりと小道へと足を踏《ふ》み入れる。

分厚い雲が月を隠《かく》しているだけでなく、小道の両脇《りようわき》には木々が生《お》い茂《しげ》り……足元はほとんど見えない。

慎重《しんちよう》に歩く柊が小石を踏む音だけが耳に届き、少しずつ心細さが積もっていく。

「なんか……思ったより、距離《きより》がある、かも」

やめておけばよかったか、と。そう頭を過《よぎ》ったところで視界が開けて広場のようなところに出た。

真っ暗なので、看板の文字は読み取ることができない。ただ、広場の中央にある大岩だけはハッキリと見て取ることができた。

鬼のテーブルと言われるだけあって、幅《はば》が五メートルはあろうかという見事な岩だ。上部が削《けず》り取られたかのように平らで、確かにテーブルに見えないこともない。

かつて、『鬼』が使っていたと言われる遺跡《いせき》。その鬼たちがどんな姿だったのか、子孫だと言われている藤司からは想像もつかない。

この自然豊かなところで、どんな暮らしをしていたのだろう。島民と適度な距離を保ちつつ、共存していた……？

この大岩から、かつての『鬼』を読み取ることは困難で、でも触れずにいられなくなった柊はそろりと手を伸ばした。

「岩質は……なんだろう。花崗岩《かこうがん》、かな。暗いからハッキリ見えないのが残念……」

ザラリとした岩の表面を指先でなぞったところで、ポツリと頭上から水滴《すいてき》が落ちてきた。夜空を仰《あお》いだ直後、今度は額に。

「雨……？」

眉《まゆ》を顰《ひそ》めた直後、粒《つぶ》が大きくなって本格的な雨が降り始める。バタバタと木の葉を叩《たた》く音に首を竦《すく》ませた。

遭難《そうなん》するほど深い山ではないけれど、夜に山の中に一人でいる時に遭遇《そうぐう》する激しい雨は心許《こころもと》ない。

しかも、遠くから雷《かみなり》の音が聞こえる。

じわじわと焦《あせ》りが湧き、来た道を戻《もど》ろうと踵《きびす》を返す。

焦燥感《しょうそうかん》に背中を押され、急ぎ足でゆるやかな坂を下っていたけれど、張り出した木の根かなにかに躓《つまず》いて身体《からだ》のバランスを崩《くず》した。

ヤバい、と思った時には勢いよく小道を転がっていた。

「うわっ！　……ぃっ……ッ」

衝撃《しょうげき》で一瞬《いっしゅん》息が止まり、小道に身体を投げ出したまま「イテテ」と呻《うめ》く。

痛みで動けないというよりも、見事に転んだことのショックで身体が動かない。そのあいだも、容赦《ようしゃ》なく大粒《おおつぶ》の雨が柊の身体を叩く。

「声が聞こえた……か？　おい、柊っ。いるか？」

小道の下の方、さほど離れていない距離から自分を呼ぶ声が聞こえてきて、目を瞠《みは》った。雨の音に負けないようにか、言葉はもう少し大きな声で「柊！　いるなら返事をしろ」と呼びかけられる。

「え……藤司、さん？」

啞然《あぜん》とした柊は、応《こた》えることも忘れて暗い小道に目を凝《こ》らす。

そうして声もなく見詰《みつ》めていると、数分も経《た》たないうちに夜闇に紛《まぎ》れ込むことのない人影《ひとかげ》が浮《う》かび上がった。

チラチラ揺《ゆ》れる小さな光は、ライト……だろうか。

小道の真ん中に転がっている柊に気づいたのか、その光と人影が猛《もう》スピードで駆《か》け寄ってくる。

「おい、どうしたっ？　転んだか？　どこか、怪我《けが》したんじゃないだろうなっ」

身体を起こされて、ライトの光を向けられる。眩《まぶ》しさに目を閉じた柊は、勢いよく首を左右に振《ふ》った。

「ちょっと、躓いただけ。なんともない」

「っでも、おまえ……っ、ここじゃよく見えないな。戻るか。暴れるなよ」

言葉の終わりと同時に、ひょいと身体を担《かつ》ぎ上げられた。柊は驚《おどろ》きのあまり、目を見開いて手をバタつかせる。

「うわっ、な……っ、大丈夫《だいじょうぶ》だって！　藤司さんっ！」

「ジタバタするなっ。足元が不安定なんだ。落とすぞ」

低い声でピシャリと言われ、身体の動きを止める。

暗闇《くらやみ》で……ゆるやかとはいえ、坂道で。しかも雨が降り出したせいで、足元が滑《ぬめ》りやすくなっている。

ここで自分が暴れたら、二人ともが危険だ。

動きを止めた柊に小さく息をついた藤司は、柊を抱《かか》え直して歩き始める。

「お、重いだろ」

「それほどでもない。おまえが、いい子でジッとしていたら……な」

「なんで……おれが、ここにいるって……」

「ライトだけ持ってすぐに追いかけたが、海沿いの道に姿が見えなかったからな。脇道《わきみち》は一つだ。ここにいなければ、厄介《やっかい》だったが……おまえが単純で助かった」

「……どうせ、バカだ」

降りしきる雨の中、ポツポツと会話を交《か》わしながら、海沿いの道を別荘《べっそう》に向かう。重くないわけがないのに、藤司は柊を抱え上げたままで手を離《はな》そうとはしなかった。

密着したところから伝わってくる藤司の体温が、落ち着かない気分を加速させる。

一度口を噤《つぐ》んでしまったら、もうなにも言えなくなった。下手《へた》にしゃべろうとしたら、上擦《うわず》った奇妙《きみょう》な声になってしまいそうで……。

そうして歩き続けること数分、煌々《こうこう》と明かりの灯《とも》る建物が見えてくる。ふっと息をついた柊は、遠慮《えんりょ》がちに藤司の肩《かた》を叩いた。

「も、大丈夫。下ろしてよ。重かっただろ」

「軽くはなかったな。待て。動くな。……見える範囲《はんい》にあるのは、擦《す》り傷くらいか。腕《うで》や脛《すね》は、青あざができるかもな」

玄関灯《げんかんとう》の光の下で、腕や足……顔まで、全身を検分される。打撲《だぼく》と擦り傷程度だと確認《かくにん》したところで、藤司の眉間《みけん》の皺《しわ》が解かれた。

そこに滲むのが面倒《めんどう》をかけた柊への苛立《いらだ》ちではなく、安堵《あんど》だとわからないほど鈍《にぶ》くはない。

「チッ。シャワーを浴びて、寝《ね》る。おまえ、泥《どろ》だらけの服は玄関を上がる前に脱《ぬ》げよ」

藤司は低く舌打ちをすると、柊に背を向けたまま低い声でそれだけつぶやいて、玄関扉《とびら》を開く。

突《つ》っ立っている柊の腕を無言で摑《つか》み、引きずり込むようにして玄関へ入れて鍵《かぎ》をかけた。

苛立ちを隠すことなく靴《くつ》をぬいで玄関を上がると、柊を振り返ることなくバスルームへと足を向けた。

「は……ぁ」

完全に藤司の気配が消えたところで全身から力が抜《ぬ》けて、靴を履《は》いたまま玄関先にしゃがみ込む。

……よかった。

一度でも振り向けば、きっと今にも泣き出しそうな情けない顔を見られてしまっただろうから。

雨の夜道を行きながら、気がついてしまったことがある。

藤司の体温に、落ち着かなくなる理由……ずっと傍《そば》にいてくれた『雉《きじ》・猿《さる》・犬』の三人衆へ向ける想《おも》いとは、種類が違《ちが》うのだと。

藤司だけが、他《ほか》の誰《だれ》とも同列にできない存在だなんて……こんなふうに、気がつかなかったらよかったのに。

意地悪なことばかりされて、それなのに気になってたまらなくて、もっと藤司のことを知りたいと思う。

自分たちが『桃太郎』と『鬼《おに》』でなければ、いろんなものが違っていたはずだ。でも、違っていたからといってプラスに作用するとは限らないかもしれない。

「でも……そうしたら、藤司さんの眼中に入ることもなかったかもな。おれが、桃太郎の子孫だから……興味を持たれただけで」

それも、好意的な興味ではないだろう。

藤司がバスルームから出てきたのはわかったけれど、うつむいて顔を隠《かく》す。藤司も柊に話しかけてくることなく、奥の部屋へと姿を消した。

「脱がなきゃ……」

室内に泥を持ち込まないよう、のろのろと服を脱いでいたけれど、パンツのフロントを開放したところで手を止める。

視界の隅《すみ》に映る、虎柄《とらがら》のパンツが情けない気分を倍増させた。

「おれ、なにもかもカッコ悪……」

混乱のまま別荘を飛び出して、夜道で転んで……藤司に拾われて連れ帰ってもらう。丸きり、考えなしの子供だ。

硬《かた》い表情だった藤司も、柊に呆《あき》れたに違いない。

「嫌味《いやみ》、言う気もない……よな」

自嘲《じちょう》の笑《え》みを浮かべたつもりだったのに、うまく笑えなかったかもしれない。目の前が変に霞《かす》んでいて、強く唇《くちびる》を噛《か》んで天井《てんじょう》を仰いだ。

こんなことで涙ぐむなんて、ますます惨《みじ》めだ。絶対に、零《こぼ》すものか……と瞬《まばた》きを耐《た》え、涙の膜《まく》が乾《かわ》いてくれるのを待った。

《七》

今日の昼食は、柊でもなんとか失敗することなく作れるようになった、ホットケーキだ。ミックス粉と牛乳と卵、シンプルな材料を混ぜてフライパンで焼くだけなので、火加減さえ間違《まちが》えなければ『食べられないもの』にはならない。

「……いや、ちょっと待て。急に……おい。もうタクシーで向かってるって、事後承諾《しょうだく》……っ、切るなって！」

柊に背を向けてスマートフォンを耳に押し当てていた藤司が、珍《めずら》しく困惑《こんわく》と狼狽《ろうばい》を声に滲《にじ》ませた。

なにか、面倒があったのか？

キッチンに立っている柊は、ボウルに入れた材料を混ぜながら、カウンター越《ご》しに見える藤司にそろりと目を向ける。

その視線を感じたかのように藤司が振り向いて、ビクッと手の動きを止めた。

「ちょっと出てくる」

「ホットケーキ、あとは焼くだけだけど……」

「いつ帰るかわからんから、一人で食え」

そう言い残した藤司は、大股《おおまた》でリビングを横切って玄関へ向かった。扉《とびら》が開閉する音が聞こえてきて、シーンと静かになる。

「はぁ……お出かけか」

独りきりで取り残され、無意識に詰《つ》めていた息をついて緊張《きんちょう》を解いた。

昨夜の一連のやり取りの後、気まずさを感じているのは柊だけのようだ。

朝、顔を合わせた時から藤司の態度はこれまでと変わらないのに、自分一人が変に意識してドギマギしている。

寝床《ねどこ》にしているリビングのソファベッドで、夜遅《よるおそ》くまで考えて出した結論は……。

「これって、……おれ、藤司さんが好き……なのかなぁ?」

男女関係なく、誰かにこんな気分になったことは今までにない。だから、疑問形になってしまう。

藤司に向ける『特別』は、どこにカテゴライズされるものなのだろう。

もし、この落ち着かない感情の理由がそれだとしたら、とことんバカだと思う。相手は『鬼』なのだ。

柊にとって、『鬼柳』の人間である藤司を好きになってしまったということは、同性である以上に大問題だった。

「アッチには相手にもされなくて、同性で……鬼。三重苦ってやつ?」

独り言をつぶやいて自嘲の笑みを浮《う》かべたつもりだけれど、頰《ほお》がほんの少し引き攣《つ》っただけでうまく笑えなかった。

ボウルに入れた材料を攪拌《かくはん》していた手の動きを止めて、大きなため息をつく。

藤司に語った通り、あとは焼くだけだ。でも、自分一人のために焼いて食べようという気にならなくなった。

クリーム状のボウルの中身をぼんやり見下ろしていると、車が停《と》まる音に続いて玄関先から人の声と物音が聞こえてくる。

藤司が出て行って、それほど経《た》っていないように思うけれど……ぼうっとしていたから、時間の感覚はあやふやだ。

「藤司さん、帰って来た？　それなら、焼こうかな」

顔を上げた柊は、藤司がリビングダイニングの入り口に姿を現すのを待った。ところが、予想もしていなかった人物の姿が視界に飛び込んできて、無言で目を瞠《みは》る。

「……なーんだ。男の子か。休暇《きゅうか》の予定期間が終わっても東京に戻《もど》ってこないし、遊びに行くっていう私を全力で阻止《そし》するから女の子を連れ込んでいるのかと疑っちゃったわ」

そう言いながら柊と視線を合わせたのは、自分と同じ年くらいの随分《ずいぶん》と綺麗《きれい》な女の子だった。

艶《つや》やかな黒髪《くろかみ》は腰《こし》まであるロングで、柊と肩《かた》を並べられるほどの背丈《せたけ》がある。

都心の人混《ひとご》みを歩いてもすれ違いざまに誰もが振《ふ》り向くような、華《はな》やかなオーラを全身に纏《まと》っている。モデルだとか芸能人と言われても、すんなり納得《なっとく》できる美少女だ。

誰？　なに……？

驚《おどろ》いて声も出ない柊を、観察するような鋭《するど》い目でマジマジと見詰《みつ》めてくる。戸惑《とまど》い、彼女の斜《なな》め後ろに立つ藤司へ助けを求める目を向けた。

藤司は、柊と視線を合わせることなく憂鬱《ゆううつ》そうなため息をついて口を開いた。

「だから、言っただろう。ただの友人だ」

「ただのっていうか、藤司さんが傍に置くには毛色が違うんじゃない？　それも、この別荘《べっそう》に入れるなんて……どういう友達？」

ひとしきり柊を観察した彼女は、腕《うで》を組んで藤司を見上げる。

そういう彼女こそ、藤司のなんだ？　妹……というには、「藤司さん」という呼びかけがあまりにも他人行儀《たにんぎょうぎ》で不自然だ。

柊は、たっぷりと戸惑いを含《ふく》んだ目をしているはずだ。女の子と視線が合い、こちらへ向かって大きく足を踏《ふ》み出してくる。

反射的に足を引いた柊の顔を覗《のぞ》き込むようにして、更《さら》に距離《きょり》を詰めてきた。

「あなた、お名前は？」

「あ、桃……っ」

彼女の迫力《はくりょく》と勢いに負けて、ついフルネームを名乗りかけた柊を、藤司が遮《さえぎ》る。

「柊だ。実華子《みかこ》、おまえには関係ない。気が済んだら帰れ。遠路はるばる、わざわざ乗り込んでくるな。暇《ひま》なのか？」

実華子と呼びかけた女の子と柊のあいだに割り込む形となった藤司に、彼女は頬を膨《ふく》らませた。

「あら、失礼ね。関係なくはないでしょう。いずれ、藤司さんの妻になるんですもの。休暇をどう過ごしているか、気になって当然だと思わない？　それに、お父様が新しく購入《こうにゅう》したヘリの乗り心地《ごこち》も試《ため》したかったし、一石二鳥だったわ」

いずれ、妻になる？

その一言は、やけにハッキリと柊の耳に飛び込んできた。当然のように言い放った彼女を前に、心臓がトクトクと鼓動《こどう》を速める。

藤司がどう答えるのか……さりげなく窺《うかが》い見ると、わずかに眉《まゆ》を寄せて片手で自分の前髪《まえがみ》を掻《か》き上げた。

「妻って……まだそんなことを言っているのか。叔父《おじ》さんが勝手に決めたことに、従わなくていいんだぞ。だいたい、俺たちは従兄妹《いとこ》だ」

「お父様に決められたから、じゃないわよ。従兄妹同士の婚姻《こんいん》は、法律的にも問題ないはずでしょう？」

「法律の問題じゃない。俺から見れば、おまえはただの妹だ」

「失礼ねっ。いつまでも子供扱《あつか》いして……もうお酒だって飲めるんだから」

胸を張ってそう主張した彼女は、なにを思ったのかパッと柊に顔を向けて来た。鋭い目で柊を見ながら、一歩距離を詰めてくる。

「あなたもなにか言って。私が、藤司さんの妻に相応《ふさわ》しくないように見える？」

「え……」

突然《とつぜん》自分に向けられた矛先《ほこさき》に驚き、言葉に詰まる。気圧《けお》されている柊と彼女のあいだに、藤司が身体《からだ》を割り込ませてきた。

「関係のない柊を巻き込むなっ」

「だって、藤司さんはいつもそうやって誤魔化《ごまか》そうとするじゃない。他《ほか》にお嫁《よめ》さん候補がいるとか言いながら、誰《だれ》なのか教えてくれないし。いもしない存在を、でっち上げてまで私を遠ざけようとするのはどうしてっ？」

拳《こぶし》で藤司の胸元《むなもと》を叩《たた》いた彼女は、「納得できるように答えてよ」と言いながら、両手で藤司に抱《だ》きつく。

柊からは、藤司の背中しか見えない。でも、無理に彼女を引き離《はな》そうとしている様子はなかった。

「我儘《わがまま》を言うな。今ここが、そんなことを話す場じゃないのはわかるだろう？」

藤司は声の調子を和《やわ》らげて、そっと彼女に語りかけている。

目の前で繰《く》り広げられる美男美女のやり取りはテレビドラマのように絵になっていて、キリキリと心臓が痛くなった。

まるで、藤司の隣《となり》には彼女のような存在が相応しいのだと、現実を突《つ》きつけられているみたいだ。

数十秒の沈黙《ちんもく》を破ったのは、彼女を宥《なだ》めるような藤司の低い声だった。

「もういいだろう。表でタクシーを待たせてるんだから、早く行け。まさか、男二人のところに泊《と》まっていくとか、非常識な我儘は言わないよな?」

駄々《だだ》をこねる子供に、根気強く言って聞かせているみたいだ。

頭ごなしに叱責《しっせき》して追い払《はら》うのではないその態度で、藤司にとって大切にするべき相手なのだと想像がつく。

彼女も、藤司の思いを酌《く》んだのだろう。

「……わかった。今のところは、帰る。女の子じゃない……前に聞いた、藤司さんがこだわってた子じゃないってことだけは確かで……とりあえず、安心したから」

「余計なことを言わなくていいっ」

気まずいのか、実華子は啞然《あぜん》とする柊と目を合わせることなく、「お邪魔《じゃま》しましたっ」と言い残して背を向けた。彼女を見送るためか、藤司が共に出て行って数十秒後、車の走り去る音が聞こえてくる。

今のは……なんだったんだ？

嵐《あらし》が過ぎ去った後のように、急に静かになった。呆然《ぼうぜん》と突っ立っていると、藤司が戻ってくる。

「……参った。騒《さわ》がせて悪い。おまえが『桃瀬』の人間だと知られたら、ますますうるさいだろうからな」

「あ……従兄妹って言ってたから、鬼柳の人か。ええと……」

いずれ妻になる、とも言っていたような気がする。あとは、なんだ？

目の前であまりにもテンポよく繰り出された二人の会話について行けず、取り残されたままになっている。

「お嫁さん候補？　おれが女の子かと心配して、見に来た……って？」

「それは、あいつが勝手に言っているだけだ。……本っ当に、キレイさっぱり記憶《きおく》から抜《ぬ》けているんだな」

「って、なにが？　おれ、なんかした？」

憶《おぼ》えていないのか、と。そういえば以前にも藤司に言われたことがある。

自分はなにか、重要なことを忘れているのだろうか。そのことで、藤司の眉間《みけん》に皺《しわ》を刻んでしまうようなものを……。

「自分で考えろ」

チラリと柊を見遣《みや》った藤司は、短くそれだけ言い残して奥の部屋のドアを開けた。困惑《こんわく》を漂《ただよ》わせて立ち尽《つ》くす柊を、振り返ることなく部屋に入ってドアが閉められる。

大切な、なにを忘れている？

強く唇《くちびる》を嚙《か》んだ柊は、リビングのソファに力なく腰を下ろした。

誰が見ても藤司とお似合いの、綺麗な女の子。

藤司との言葉の応酬《おうしゅう》のテンポからも頭の回転が速そうで、二人でいる時に漂う空気がすごく自然だった。

藤司も、柊に向けるような意地悪なものの言い方をしないし、優《やさ》しく接していた。

「あんな藤司さん、初めて見た……」

ここで藤司と二人きり、何日も一緒《いっしょ》にいたから、この数日だけで彼のすべてを知ったような錯覚《さっかく》を感じていたのかもしれない。

そんなわけ、ないのに。柊に『雉《きじ》・猿《さる》・犬』の三人がいるように、藤司にも彼の人間関係がある。

それは当然で、なにより……。

「おれが、桃瀬だって……彼女に知られたらいけない、か」

あの言葉で、現実を痛感した。彼女の登場によって、『桃瀬』と『鬼柳』だという自分たちの立場を思い知らされた。

好きとか、嫌《きら》いとか……そんな個人的な感情を持ち込む場合ではないのだと、頭上から冷たい水を浴びせられたみたいだった。

斜《なな》めに差し込む光が鮮《あざ》やかなオレンジ色に変わっていることに気づいて、リビングの窓に目を向けた。

「もう、夕方……か」

ソファの上で膝《ひざ》を抱《かか》え込んでいた柊は、のそのそと立ち上がって目元を擦《こす》った。

耳を澄《す》ませても、藤司がいるはずの奥の部屋からは物音一つしない。

「散歩……でも、行こうかな」

夕日が沈《しず》む海は、きっと気持ちいい。この、どんよりとした気分も、大海原《おおうなばら》を眺《なが》めたら少しは晴れるかもしれない。

そう思い立ち、足音を殺して玄関《げんかん》へ足を向けた。

シューズの踵《かかと》を踏《ふ》みつけて玄関扉《とびら》を開け、六段ほどの短い階段を下りる。

この別荘《べっそう》の裏手に回れば、海は目前だ。このあたりは観光客がほとんど来ないので、正しくプライベートビーチとなっている。

ゆっくりと別荘の建物を回り込み、海が見えたところで……動きを止めた。

「なに……？　え……？」

自分の目に映る光景が信じられなくて、手の甲《こう》で何度も瞼《まぶた》を擦る。

そうして改めて眺めても、やはり柊の目前に広がる光景は、とてつもなく現実離《ばな》れしているものだった。

双子島が、『鬼が島』のすぐ近くだということは知っていた。ただ、この島とのあいだには狭《せま》いながらも海峡《かいきょう》があり、複雑な海流に隔《へだ》てられていた。

でも……今は、怖《こわ》いくらいに海の水が引いて、二つの島を繋《つな》ぐように白い小道が延びている。

陸続きとなっているのだ。

「歩いて、渡《わた》れる……？」

夢を見ているような光景に、柊は呆然とつぶやく。

こうして見る限り、歩いて渡ることも可能だろう。距離《きょり》は、数百メートルくらいしかなさそうだ。

「大丈夫《だいじょうぶ》、だよな」

コクンと喉《のど》を鳴らして、砂浜《すなはま》に駆《か》け下りた。白い砂で作られた小道は、海水を含《ふく》んでジャリッとしている。

最初の数歩は恐《おそ》る恐るといった足取りだったけれど、危険がないことがわかると徐々《じょじょ》に歩幅《ほはば》が大きくなる。

「足が埋《う》まることもなさそうだし、うん……大丈夫」

それでも用心して足元を見ながら歩いているうちに、双子島へと辿《たど》り着いた。

藤司が船を着けたところとは、反対側なのだろう。柊の目につく範囲《はんい》には、小さな砂浜と剝《む》き出しの岸壁《がんぺき》があるのみだ。

「すご……独特の岩盤《がんばん》だな。あのあたりは、二百年……もっと前の地層か。でも、そこの大岩は一塊《ひとかたまり》で、どっかから切り出してきてここまで運んで、放置されているっぽいな。それに、この質感は……」

特殊《とくしゅ》な堆積《たいせき》層が見て取れる岩肌《いわはだ》の数々に興味を惹《ひ》かれたけれど、それ以上に柊の心に湧《わ》いたのは不思議な感覚だった。

「あ、あれ？　なんか、見たこと……ある？」

既視感《きしかん》とでもいうのか、妙《みょう》に胸の奥がざわついた。ついこの前、藤司とボートで来た時に感じたものではない。

初めて立つ場所のはずなのに……ずっと昔、ここに来たことがあるような気がする。それも、誰《だれ》かと手を繋いで。

いつ？　誰と？

自分の手のひらをジッと見下ろして、今にも切れてしまいそうな細い糸を必死で手繰《たぐ》り寄せる。

「大きな岩、洞窟《どうくつ》みたいになっていて……島の内部からだけでなく海側からも、入れる。なんで、おれ……そんなの知ってるんだろう」

これは、幼い頃《ころ》の記憶だろうか。誰かと、砂浜で遊んだ……ほんのりとした楽しい記憶は、確かに昔から持っていた。その場所がハッキリしなかったせいで、テレビで見た映像と組み合わせて勝手に自分が作ったものかと思っていた。

でも、今……目の前にある光景と、遠い記憶は不思議と合致《がっち》する。

「なんで？　ここ……」

もう少しで明確に見えそうなものが、一部だけ白く濁《にご》っていてスッキリとしない。もどかしくて、気持ち悪い。

Tシャツの胸元《むなもと》を握《にぎ》り締《し》めて、夕日を浴びてオレンジ色に輝《かがや》くような岩肌を見上げていると、背中側から低い声が投げつけられた。

「おまえ、運がいいな。大潮と干潮と、満月と……特殊な気象条件が重ならなければ、ここまで潮が引かないんだ。年に数回あるかないか……台風が来て海面が上昇《じょうしょう》したりすると、一度も小道が出現しない年もある」

「あ……」

柊が別荘を出るのに気づいて、追ってきたのだろうか。ジーンズのポケットに手を入れた藤司が、柊と同じように岩肌を見上げている。

「なんかおれ、ここ……来たことがあるような気がするんだけど、気のせいだよな。この前、藤司さんの船に乗せてもらって来たのが初めてで……でも、なんだろう、この大きな岩とか、見たような気がして」

混乱のまま、支離滅裂《しりめつれつ》な言葉を口にする。

柊自身でさえ、よくわからないのだ。

聞かされた藤司は、もっとワケがわからないはずだと思っていたのに、藤司はバカにするでもなく「へぇ？」と首を傾《かし》げた。

「なにもかも忘れているバカかと思ったら、少しは憶《おぼ》えていたのか」

「バカ……って、どういう意味だ。さっきも、キレイに忘れてるとか言ってたけど……おれ、ここに来たこと……ある？　でも、それをなんで藤司さんが知ってんだよ」

頭がクラクラしてきた。拳《こぶし》で自分の頭を軽く叩《たた》いていると、小さく笑った藤司が種明かしをしてくれる。

「ガキの頃、先代の……祖父《じい》さんが、おまえをつれてうちの別荘に遊びに来た。先代同士は茶を飲むような友人だったことは、知ってるだろ？　兄弟の中で一番年が近いって理由で、俺が遊び相手に選ばれて……夏休みの何日か、一緒《いっしょ》にあの別荘で過ごしたんだ」

「そんなこと……あった？」

完全に忘れていたわけではない。確かに、言われてみればキレイな砂浜で誰かと遊んだ気がする。

あの場所は、『鬼が島』だった？

難しい顔で記憶《きおく》を探《さぐ》り出そうとしている柊に、藤司は淡々《たんたん》と言葉を続ける。

「さぁな。続きだ。あの頃も、朝早くにこっちの島に渡れる小道ができて、コッソリと二人で海を渡った。危ないから、子供だけで渡るなと言われていたんだが……」

そうだ。誰かに手を引かれて、海の中を延びる白い砂の小道を歩いた。

子供の足には距離があったので、途中《とちゅう》で疲《つか》れて泣きたくなって何度も立ち止まった。そのたびに一緒にいた誰かに、「もう少しだよ」と励《はげ》まされながら、なんとか大きな岩のあるところまで辿り着いた。

青い海、白い波を背景に柊に笑いかけてきたのは……誰だろう。

じわじわと湧《わ》いてくる記憶は、つないだ手のぬくもり。そして……なにか大切な約束をした？

藤司だったと言われればそのような気もするし、藤司を相手だと納得《なっとく》するには違和感《いわかん》がある気もする。

大きな岩や海を見回す柊の脳裏《のうり》に、子供の声がよみがえった。

「あ……れ？」

今、頭に浮《う》かんだものはなんだろう。『お嫁《よめ》さんにしてあげてもいいよ』と……そんなことを言ったのは、誰だったか。

唇《くちびる》を噛《か》み、ほんの少し浮上《ふじょう》した遠い記憶の断片《だんぺん》を追いかける。

「あとは……っと」

藤司がなにか言葉を続けようとしたところで、スマートフォンの着信音が鳴り響《ひび》いた。唐突《とうとつ》に現実に引き戻《もど》されたような気分になり、目をしばたたかせる。

「悪い、ちょっと待て」

柊に背中を向けた藤司が、ポケットから取り出したスマートフォンを耳に押し当てた。

「ああ……へぇ？　うん……わかった。そっちも解決済み？　それなら、いい。柊と一緒だ。そうだな……伝えておく。迎《むか》えは、羽田《はねだ》でいいだろ。そこまでは責任を持って送り届ける。時間については、また連絡《れんらく》する」

柊、とか。解決……とか。

自分に関係する話で、なにかが解決したらしい。もしかして、こうして藤司の別荘に留《とど》まる理由となったものに、片が付いたのだろうか。

期待を込めた目で藤司を見詰《みつ》めていると、スマートフォンをポケットに捻《ね》じ込みながらこちらを振《ふ》り向いた。

「家に帰れるぞ。嬉《うれ》しいだろ」

そう口にした藤司は、恐ろしいまでに無表情だった。声も淡々とした抑揚《よくよう》の乏《とぼ》しいもので、なにを考えているのかまったく読み取ることができない。

藤司の真意がわからないせいで、嬉しいという言葉にうなずいていいものかどうか迷い、しどろもどろに答えた。

「嬉し……のは確かだけど、コトの成り行きがわかんない。ウチの父親が見つかった？　持ち逃《に》げしてたっていう、資金は無事？」

「あー……それだが、ちょっとばかり脚色《きゃくしょく》をしているから、説明が面倒《めんどう》だ。潮が満ちてくる前に、とりあえず戻るか」

藤司が指差した白い砂の小道は、柊がここに渡《わた》った時よりも幅《はば》が狭《せま》くなっていた。

潮が満ちてしまったら海に沈《しず》み、歩いて戻れなくなるのは間《ま》違《ちが》いない。

西に傾《かたむ》いている夕日も、間もなく沈み切ってしまいそうだ。潮が満ちる上に視界が暗くなれば、危険が増すのは明確だった。

今すぐ、その『脚色』の説明をしろと迫《せま》りたいのが本音だけれど、差し迫った危機から脱《だっ》する方が先だ。

「とろとろするな」

藤司に腕《うで》を摑《つか》んで引っ張り上げられ、しゃがんでいた膝《ひざ》を伸《の》ばした。振り払《はら》う間もなく、藤司に手を引かれて来た道を戻る。

ずっと前……同じように、こうして海の真ん中に延びる小道を誰かと走った。

つないだ手のぬくもりの記憶と、こうして摑まれている藤司の手から伝わってくるぬくもりの境界が、あやふやになる。

今、柊の手を引いているのは……誰？

目の前にある背中をジッと見詰めても、オレンジ色の夕日が眩《まぶ》しくてハッキリと見えない。

奇妙《きみよう》な胸のざわつきを抱《かか》えた柊は、藤司に先導されるままに小走りで双子島を後にした。


「……というわけで、今に至る。質問があれば、受け付けるぞ。俺がわかる範囲《はんい》で、可能な限り答える」

藤司が口を噤《つぐ》むと、リビングに奇妙な沈黙《ちんもく》が広がった。

それまで、藤司が語るコトの顚末《てんまつ》を黙《だま》って聞いていた柊は、

「し、信じられない……」

啞然《あぜん》とした調子で、それだけ零《こぼ》すのがやっとだ。

桃瀬家と鬼柳家に関して藤司が語ったのは、柊がこれまで予想もしたことのない話ばかりだったのだ。

「けど、事実だからなぁ。本人に確かめてみるか？　今から会食だって言ってたから、うちの親父と一緒にいるはずだ」

スマートフォンを取り出した藤司に、コクリとうなずいた。

画面に指を滑《すべ》らせて操作している藤司を見ながら、たった今聞かされた内容を頭の中で復唱する。

桃瀬と鬼柳の事業提携《ていけい》に関しては、事実で……明日にはニュースになる。ただし、内実は柊がきいたものとは異なるようだった。

以前から共同での事業は計画されていて、柊が知らされていないだけだった。

父親が資金を引き出して行方《ゆくえ》をくらませたという事実はなく、ただ単に土地取得に関係して暴力団関係者が割り込んだせいで事態が複雑化し……桃瀬家の関係者に対する脅《おど》しを仕掛《しか》けてきた。

それらに片が付いて危険が去るまで、桃瀬家の面々が方々に身を潜《ひそ》めるという目論《もくろ》みだったらしい。

父親は、お供三人衆と共に海外へ。母親は、なにも知らせずガードをつけて地方へ旅行に出かけさせて、柊はこの島に。

休暇《きゅうか》のため、別荘《べっそう》に滞在《たいざい》していた藤司と逢《あ》ったのは、恐《おそ》ろしいまでの偶然《ぐうぜん》だ。

藤司は『人質《ひとじち》』と柊に言い聞かせてこの島に留まらせ、監視《かんし》を装いながら実際は護《まも》っていたことになる。
事実は小説より奇《き》なりという言葉があるけれど、それにしてもあんまりだ。
藤司はすべて知っていたのに、微妙《びみょう》に事実を歪曲《わいきょく》して聞かせ、柊をからかっていた……とし
か思えない。
そうでなければ、あんな虎柄《とらがら》のパンツや……。
「柊。ほら」
思い出した嫌《いや》がらせに眉《まゆ》を顰《ひそ》めたところで、名前を呼びながらスマートフォンを差し出され
た。
コクンと喉《のど》を鳴らした柊は、受け取ったスマートフォンを恐る恐る耳に押し当てる。
「あの」
一言発した直後、スマートフォンの向こうから間違いなく父親の声が返ってくる。
『柊か。今回は悪かった。藤司くんに世話になったらしいな。後でしっかり礼をする。それと、
智哉と圭市は計画を知っていたんだが、剣太郎には詳《くわ》しく知らせていなくてなぁ。柊が……っ
て大騒《おおさわ》ぎしていたから、明日の到着《とうちゃく》時刻に合わせて空港に迎えに行かせるが、鬱陶《うっとう》しいくらい
纏《まと》わりつかれることを覚悟《かくご》しておけ。おまえが帰ってきたら、改めて説明する』
「あ……ちょっと、待っ……。言いたいことだけ言って、切りやがった」
呆気《あっけ》なく通話を切られてしまったスマートフォンを睨《にら》み、口汚《くちぎたな》くつぶやく。

なにかと忙《いそが》しいのか、父親の背後はザワザワしていた。それはわかるが、柊のモヤモヤは晴れていない。質問どころか、ロクに言葉を発する間さえ与《あた》えてくれなかったのだ。

改めて説明すると言われても、納得《なっとく》できるわけがない。

「わかったか？」

「……あんまり。あれじゃ、説明にならない。明日、直接逢って聞くことにする」

借りていたスマートフォンを藤司に渡して、大きなため息をつく。

すると、

「ここと、双子島を合わせてリゾート開発する……っていうのも、デマだからな」

「えっ？」

スマートフォンを柊の手から受け取りながら、藤司がそう口にした。驚《おどろ》いて、パッと顔を上げる。

「この自然を破壊《はかい》してリゾート開発するなど、愚《ぐ》の骨頂《こっちょう》。あ、ついでに言っておく。双子島には、伝説の鬼《おに》の財宝なんかないからな。あるのは、希少な岩石と特殊《とくしゅ》な堆積《たいせき》層だ。ある意味、宝であることは確かだが。地質学を勉強しているなら、わかるだろ？　あれは自然のままだから美しい。人間が手を入れていいものではない」

「……うん」

先ほど見上げた、双子島の岸壁《がんぺき》を思い浮かべる。

あの岸壁は、色の異なる堆積層が幾重《いくえ》にも重なっていた。教授などは、ボーリング調査をしたいと目を輝《かがや》かせるだろう。他《ほか》にも、海際にあった大岩など他で見ることのできない質感だったのだから、藤司が口にしたとおり確かに『宝の山』だ。

「なんか……いろいろ、ごめんなさい。おれ、鬼っていう先入観を持っていたせいで、藤司さんにいっぱい失礼なことを言った。意地悪とか、言ったけど……桃太郎が鬼にした仕打ちを考えれば、意地悪されても仕方ないかも」

しゅんとして肩《かた》を落とす。

あの商店の老夫婦《ふうふ》も、言っていたではないか。桃太郎が善で、鬼が悪だなんて……胸を張ることなどできない。

正義の味方というより、『桃太郎』はいじめっ子だ。

「おれ、なんで双子島には宝物があるって思い込んでたんだろ。なにか……大切なものがある、って思って、だから開発されるならその前に探し出そうとしたんだ」

胸のどこかに引っかかっているものを、ポッポッと口に出す。

鬼が隠《かく》した、金銀財宝ではない。そう理解した今でも、あそこにはなにか大事な宝物があるのだと……モヤモヤが滞《とどこお》っている。

「まだそんなことを言ってるのか。なにに、こだわっている？」

藤司に訝《いぶか》しげな顔と声で尋《たず》ねられても、柊自身にもよくわからないのだ。

桃瀬の家にとって、役に立つものかどうかわからない。『桃太郎』や『鬼』に関係するものかどうかさえ、ハッキリしない。

……けれど。

「わかんない。でも、なにか……すごく大切なものがある、って思うんだ。もう一回、あそこに行けないかな」

窓の外に目を向けても、夕闇《ゆうやみ》に沈《しず》む外の光景は見られない。きちんと確かめることはできないが、潮が満ちたことで双子島が完全な孤島《ことう》になっていることは想像がつく。

「あすの朝……もう一度、干潮の時間がある。今日の夕方より潮位の変動が大きくないから、小道ができても数十分くらいだと思うが。それでも行くか？」

そんな藤司の声に、窓に向けていた顔を慌《あわ》てて戻《もど》した。目が合った藤司は、真剣《しんけん》な顔をしている。

これは、柊をからかっているのではない。

「うん。行って帰れるだけの時間があれば、それでいい。行っておかないといけない、って気がするんだ」

ハッキリうなずいて口にすると、藤司は、「おまえがそこまで言うなら、つき合うか」と小さく吐息《といき》をついた。

「じゃあ……朝の干潮を待つか。東京に戻るのは、その後だな。飛行機のチケットは昼過ぎ…

…夕方のほうがいいな。詳しい干潮の時間は、いつだったか……それも調べておく」

パソコンを開いた藤司の横顔は硬《かた》い表情で、これ以上柊が話しかけるのを拒絶《きょぜつ》しているみたいだった。

同じ部屋にいるのが息苦しくなって、落ち着かない気分で立ち上がる。

「明日には帰っちゃうなら、おれ、近所を散歩してくる。商店のおばあさんたちにも挨拶《あいさつ》してくるけど、なにか伝言ある？　ついでに、買い物があれば……それも」

「いや、特になにもない。おまえが食いたいものがあれば、適当に買ってこい。コイツを渡《わた》しておく」

財布《さいふ》ごと投げられて、慌てて両手で受け止める。

柊は、財布を渡してもいいのか？　と眉を顰めたけれど、藤司はパソコンモニターから目を離《はな》そうとしなかった。

突《つ》っ立っていても仕方がない。

「じゃあ……行ってきます」

顔を上げようともしない藤司に一抹《いちまつ》の淋《さび》しさを覚えた柊は、短く息をついてそれだけ言い残すと、踵《きびす》を返して部屋を出た。

《八》

早朝の海は、夕方よりも清涼感《せいりょうかん》のある風を運んでくる。前髪《まえがみ》を乱す風に目を細めた柊は、片手で目元にかかる髪《かみ》を掻《か》き上げた。

藤司に言われていたとおり、同じ干潮でも昨日の夕方より潮の引きが少ないようだ。白い小道の幅《はば》が狭《せま》く、潮が満ち始めればあっという間に道がなくなるだろう。

「あっちにいられるのは、十分くらいだな。それでも行くのか？」

「……うん」

迷いなくうなずいて、小走りで白い小道を駆《か》け出した柊の後を藤司がついて来る。

一緒《いっしょ》に来てくれと言ったわけではないが、一人で行かせるのは危なっかしいと思っているに違《ちが》いない。

藤司を残して散歩に出た昨日の夜、海岸線の道を歩いたり防波堤《ぼうはてい》に腰《こし》かけて暗い海に浮《う》かぶ双子島を見詰《みつ》めたりしながら、必死で記憶《きおく》を呼び戻したのだ。

双子島に渡り切った柊は、きっとあそこだ……と見当をつけておいた場所に、迷いなく歩を進める。

藤司は確信を持った柊の行動を不思議に感じているかもしれないが、なにも尋ねることなく無言でついて来た。

「洞窟《どうくつ》みたいになっているところ、で……子供の手でも届く場所」

岸壁には背を屈《かが》めて入ることのできる洞窟状の穴があり、その一角に小さな窪《くぼ》みになっているところがある。

しゃがみ込んだ柊は、堆積した小石を除《よ》けて砂を掻き分けて、手首まで砂に埋《う》めながら指先で窪みの奥を探《さぐ》った。

自分たちがここに渡ったのは、十五年も前だ。

私有地であると看板を立てていても、島を訪《おとず》れた人がいないわけではないだろうし、潮の満ち引きもある。いくら洞窟で影響《えいきょう》を受けづらいと言っても、波にさらわれている可能性も高くて……。

今でもそこにあると、言い切ることはできない。

無駄《むだ》なことをしていると、九十パーセント以上諦《あきら》めていたけれど、たった一パーセントでも可能性があるなら確かめずにはいられなかった。

「あ……った？」

細かな砂が巻き上げられて、濁《にご》った海水の中に異質な輝きを見つけた。慌てて指先で摘《つ》まんで、拾い上げる。

「一生懸命《いっしょうけんめい》、なにを探していたんだ？」

そこで初めて藤司が口を開き、柊の手元を覗《のぞ》き込んできた。探り出したものを手のひらに載《の》せて差し出すと、藤司は目を瞠《みは》って……絶句している。

「おれが、ここにあると思い込んでた宝物の正体……間違《まちが》いなく、これだ。藤司さんが、くれたんだよね？」

金色に輝く、小さな指輪。この指輪がどうして柊の手に渡ったのか……忘れていた柊とは違い、藤司は憶《おぼ》えていたに違いない。

だから、幾度《いくど》となく『忘れている』とか『憶えていない』と、意味深なぼやきを零《こぼ》したのだろう。

「ふ……ん、やっと思い出したのか」

目を眇《すが》めて皮肉な笑《え》みを浮かべた藤司に、柊はなんとか掘《ほ》り起こした幼い頃《ころ》の記憶をぽつりぽつりと語る。

「完全に思い出したわけじゃないかもしれないけど。小《ち》っちゃい子供が、偉《えら》そうに『嫁《よめ》にしてやってもいい』とか言っていたような気がする。あれって、おれが……藤司さんに？」

「違う、バカモノ。嫁にしてやってもいいとプロポーズしたのは、おまえじゃない。俺が、おまえに……だな。不覚にもチビの柊は、俺が知ってるどんな女の子より可愛《かわい》かったんだよなぁ。おしゃべりが達者で可愛げがない実華子より、性格も素直《すなお》で、トージくんって可愛く俺の後をついて来て……」

どんな顔で語っているのか確かめようと、そろりと見上げた藤司は、過去を回想しているのか遠くを見るような目で岩肌《いわはだ》を眺《なが》めている。

「なのに、成長したおまえはすっかり忘れている上に『鬼《おに》』を宿敵みたいに言いやがって。ちょっとばかり意地悪なことをしたくなっても、仕方ないだろう」

「し、仕方なくはない……と思う、けど」

他《ほか》になにも言えなくて、力なくつぶやく。

つまり、藤司は過去のことも憶えていて、柊が名乗った時点ですべて結びついていたということか？

でも、柊のほうは全然記憶に留《とど》めていなかった。それどころか、鬼柳家の人間というだけで藤司を『鬼』と呼んで天敵扱《あつか》いした。

いじめられても仕方がないとは言わないが、可愛げがないと思われても当然だ。

「どうして、いきなり思い出したのか聞きたいんだが。キレイさっぱり、忘れていたんじゃないのか？」

不思議そうに尋《たず》ねられて、「うん……」と曖昧《あいまい》にうなずく。

記憶の隅《すみ》に、引っかかりがなかったわけではない。なんとなく、モヤモヤとしたものはあって……うまく摑《つか》めなかっただけだ。

「たぶん、だけど……この島から帰ってすぐ、おれ、高熱を出して寝込《ねこ》んだんだ。はしゃぎ過ぎたのと、海で遊んだりしてひどく日焼けしたせいで暑気に中《あた》ったんじゃないか、って。でも、お祖父《じい》ちゃんに鬼が島に連れて行かれたってことを知った智哉と圭市が『鬼』のせいだ……って言って、枕元《まくらもと》で延々と『鬼』がいかに凶悪《きょうあく》で怖《こわ》い存在なのか語って聞かせたんだ。それもあってか、『鬼』に対する悪感情ばかり残って……藤司さんと楽しく遊んだこととか、抜《ぬ》けちゃったみたい」

記憶を思い起こしながら、ポツポツと語る。

呆気《あっけ》に取られたような顔をしていた藤司は、「催眠療法《さいみんりょうほう》かよ」と特大のため息をついた。

柊も、それがすべての原因だと思っているわけではない。

藤司に言われたとおり、自分は少しばかりバカなのかもしれないと……考えれば考えるほど、落ち込む。

「ご、ごめん。でも、まさか自分が『鬼』の子と遊んだなんて、予想もつかなくて」

「はぁ……おまえみたいなバカ正直……素直な子供だと、ありえなくはないか。しっかし、なんでそのリングがこんなところにあるんだ？　これは……鬼柳の人間が生まれた時に贈《おく》られるベビーリングなんだ。失《な》くしたことで、こっぴどく怒《おこ》られたのは憶えているが」

苦笑《くしょう》した藤司は、柊の手のひらにある金色のリングを指先でつついている。

金色の輝《かがや》きが失われていないということは、メッキではなく本物の金が使われているに違いない。

　その由来といい……失くせば、ひどく怒られただろうと想像がつく。

「嫁にするとかってプロポーズした時に、おれにくれたんだ。ガキだったおれは、大切な宝物はこの島に……って聞かされていたから、コレもここに隠《かく》さなきゃいけないって思ったんだろうな。子供って、突拍子《とっぴょうし》もないことを考えたり実行したりするよね。怖いなぁ」

「他人事《ひとごと》みたいに言うな。おまえがやったことだろ」

　推測を交えながら語る柊を、藤司は呆《あき》れたような目で見ている。

　自分でも他人事のようだと思うけれど、あの頃の自分がなにを考えていたのか定《さだ》かではない。確かなのは、この指輪が今もここにあるということだけで……。

「持ち主に、返す。大切なものなんだよね」

「ふ……プロポーズを突《つ》き返された気分だな。これが映画とかなら、改めてここでプロポーズをしてハッピーエンドだろうけど」

　なにを思っているのか、苦い顔でそんなことを口にする藤司を怪訝《けげん》な面持《おもも》ちで見上げた。

　それには、可愛い女の子が相手なら、という大前提が抜けているが……。

「なんだ。しないのか」

　つい、ボソッと零《こぼ》してしまって柊自身も驚《おどろ》く。慌《あわ》てて首を左右に振《ふ》りながら、バカな発言を撤回《てっかい》した。

「今のなしっ。なに言ってんだろ、おれ。バカだよね」

「確かにバカだな。玉砕確実《ぎょくさい》なのに、わざわざ当たりに行くほど俺はマゾじゃない。嫌《きら》われている相手にプロポーズなんて、三文芝居《しばい》でもないだろ」

自嘲《じちょう》の笑みを浮《う》かべた藤司は、はっ……と短く息をついて、小さなリングを手の中に握《にぎ》り込む。

まるで、藤司が柊のことを好きで……負け戦《いくさ》なことがわかっているから、不戦敗を決め込んだみたいな言い回しじゃないか？

そう思い至った途端《とたん》、柊は両手で藤司の腕《うで》を握っていた。ビクッと肩《かた》を揺《ゆ》らした藤司が、驚いた顔で柊を見下ろしてくる。

「なんだ？」

怪訝そうに尋ねられても、巧《たく》みな言い回しを探したけれど思いつかない。でも、なにか言わなければならない。

焦《あせ》るばかりで切羽《せっぱ》詰《つ》まった柊は、自分でもなにを言っているのかわからないまま言葉を吐《は》き出した。

「と、藤司さんがしないなら、今度はおれがする。おれは桃太郎だけど、鬼の藤司さんが好きだ。鬼退治をしたご先祖なんか、嫌いだ！　正義の味方じゃなくて、ただの侵略者《しんりゃく》じゃないか。鬼は仕返しをする権利がある。い、イジメてもいいよ」

勢いに任せて、思いつくままに捲《まく》し立てる。

啞然《あぜん》とした表情で柊を見ていた藤司は、ゆっくりと眉間《みけん》に皺《しわ》を刻み……唇《くちびる》を開きかけたかと思えば、柊から顔を背《そむ》けた。

拒絶《きょぜつ》されたかと藤司の腕を離《はな》した直後、藤司がその場にしゃがみ込む。

なにごとかと思えば、

「っくく……おまえ、好き……って、色気の皆無《かいむ》な告白……っっ。しかも、自棄《やけ》になったみたいに、そんな……ッ」

腹を抱《かか》えて、爆笑《ばくしょう》している。

取り合ってくれないとか、「気持ち悪いこと言うな」と拒否《きょひ》されることは覚悟《かくご》していても、こんなふうに笑われるのは予想外だ。

どんな顔をすればいいのかわからず、肩を震《ふる》わせている藤司を見下ろす。その視界の隅に、波立つ水が映った。

足元に海水が迫《せま》っているのだと気づいて、慌てて藤司の肩を叩《たた》く。

「藤司さんっ。満ちてるっ。帰れなくなる！」

「ああ……本当だ。コレはちょっとばかりヤバいな。急ごう」

のんびりと笑っている場合ではないと思ったのか、勢いよく立ち上がった藤司が柊の手を握って走り出す。

あまりにも自然な仕草で手を取られたので、柊にできることは従うのみだ。

握られた手から伝わってくる藤司の手のぬくもりを感じながら、波の打ち寄せる細い小道を駆《か》け抜けた。

昨日の夕方と同じように藤司の背中を見詰《みつ》めたけれど、きちんと見ることの叶《かな》わなかった眩《まぶ》しい西日とは違《ちが》い、朝の陽《ひ》は藤司の姿をハッキリと柊の目に映してくれた。

踝《くるぶし》の上まで海水に浸《つ》かりながら、なんとか『鬼が島』へ戻《もど》ることができた。

砂浜《すなはま》で荒《あら》い息をつきながら振り向くと、先ほどまで海の上を延びていた一本の白い道は波の下にすっかり隠れていた。

シューズも靴下《くつした》も、海水や砂でドロドロになってしまったので、別荘《べっそう》の玄関《げんかん》を入る前に脱《ぬ》ぎ捨てる。

「はー……全力疾走《しっそう》なんか、久し振《ぶ》りだったぞ」

「お、おれも」

ようやく息が整い、玄関を入ったところで改めて藤司と顔を見合わせた。

先ほどの『好き』は勢いに任せたから言えたことで、こうして間が空いてしまうとなんとも形容し難《がた》い気まずさだけが込み上げてくる。

「あの、あ……朝ごはん、用意しようか。パン、焦《こ》がさない自信がある」

この場から逃《のが》れる理由を見つけて、藤司に背中を向けようとしたけれど……。

「待て。飯より、優先することがあるだろう。話の途中《とちゅう》だ」

二の腕を摑《つか》んで引き留められてしまい、動きを止めた。耳の奥で……ドクドクと激しい動悸《どうき》が響《ひび》いている。

全力で走ったからだと自分に言い聞かせても、本当の理由が二の腕に食い込む藤司の指のせいだということは明白だ。

しばらく迷うように黙《だま》り込んでいた藤司が、ふっと短く息をついて口を開いた。

「あー……俺の、嫁《よめ》にしてやってもいい。おまえといたら、退屈《たいくつ》せずに済みそうだ」

「なんだよ、それ」

随分《ずいぶん》と捻《ひね》くれた言葉に、照れるよりも呆れてしまう。おかげで、妙《みょう》な気恥《きは》ずかしさが消えたのは幸いだが……。

顔を上げて視線を絡《から》ませた柊に、藤司はコホンと軽く咳払《せきばら》いをして再び口を開いた。

「ロケーションは、ガキの頃《ころ》のほうがよかったな。お子様の自分に負けるみたいで、ちょっと面白《おもしろ》くないが……今、改めてこいつを渡《わた》したら、受け取るか？」

そう言って、藤司が人差し指と親指で挟《はさ》み込んで差し出してきた金色の小さなリングを、ジッと見詰める。

昔も今も、尊大としか言いようがないプロポーズだ。本人も言うとおり、ロケーションとしては子供の頃のほうがずっとよくて……。

でも、きっとあの頃の自分は、こんな息苦しさを感じなかった。藤司の言葉より、差し出された金色に輝《かがや》くリングに意識を奪《うば》われていたに違いない。

今は？

……金色のリングなんか、目に入らない。

それよりも、初めて目にする、言葉とは裏腹のどことなく不安そうな藤司の顔に心のすべてを傾《かたむ》ける。

不思議な甘さを含《ふく》んだ、胸の痛みが柊を包み込む。心臓の脈動が激しくて、指先までズキズキと疼《うず》くみたいだった。

「今のおれの指には入らないだろうけど、もう一度くれる？」

「……ああ」

小さな笑《え》みを浮かべた柊が左手を差し出すと、藤司はほんの少し思案して柊の小指にリングを通した。

それも、第一関節のところで止まってしまう。

「ふ……やっぱりダメだね」

「まぁ、当然だろうな」

二人で顔を見合わせて、クスクス笑う。

全然格好よくなくて、ロマンチックでもなくて……でも、こうして笑えるのが嬉《うれ》しい。

不意に、大きな手にギュッと左手を握り締《し》められて、笑みを消した。

「あ……の」

「しゃべるな。おまえがしゃべったら、ロクなことにならん」

照れ隠《かく》しを図《はか》った柊が暴走するだろうと、読まれてしまっているようだ。話すことを禁じられたが、素直《すなお》にハイとはうなずけない。

「でも、まだいろいろ……聞きたいこととか、言いたいこと……が」

「全部、後でいいだろ。しゃべるな、って」

物理的に口封《くちふう》じをしようと思ったのか、そう言いながら両手で顔を挟み込まれて視界が暗く翳《かげ》る。

端整《たんせい》な顔が寄せられるのに、息を詰《つ》めてギュッと瞼《まぶた》を閉じた。

「っとに、カワイイよな。……好きだよ、柊」

小さな声と共に、かすかな吐息《といき》が唇を掠《かす》める。

柊がそれに答えるより早く……やんわりとしたぬくもりが唇に触《ふ》れて、声を出すことができなくなった。

「ッ、……っん」

ピクッと肩《かた》を震わせた柊が、逃《に》げかかったと思ったのだろうか。動けないように頭を掴まれて、口づけが濃度《のうど》を増す。

歯列を割って潜《もぐ》り込んできた舌が、絡みつき、口腔《こうこう》の粘膜《ねんまく》をくすぐり……ゾクゾクと背中を震わせる。

頭の芯《しん》が、ぼんやりする。なにも考えられなくなる。

すぐ近くにある藤司の存在と、熱っぽいキスの感触《かんしょく》、触れてくる手のぬくもりだけが確かなもので……。

「っあ、ッ……ふ」

吐息まで奪うような口づけに、膝《ひざ》の力が抜《ぬ》けた。座り込みそうになってしまった柊を、藤司の腕《うで》が抱《だ》き留《と》める。

「お子様には刺激《しげき》が強かったか」

「み、三つしか、違わない」

「ふーん？　子供じゃないって？　じゃあ、どれだけアダルトなのか柊クンに実証してもらうとするか」

目を細めた藤司が、意地の悪い口調で言いながら柊の着ているTシャツを捲り上げる。背中を撫《な》でる手の感触に、ザワリと鳥肌《とりはだ》が立った。

「っゃ、あ……ッ」

咄嗟《とっさ》に身を捩《よじ》ったけれど、藤司の腕の中だ。まだ足に力が入らなくて、思うように逃げられない。

そのあいだも、藤司の大きな手は柊の背中に触れていて、スルリと腰《こし》まで撫で下ろす。

「ぅわ！ッ……ご、ごめんなさい。証明なんてできない、から」

あっさりと白旗を掲《かか》げた柊の言葉に、藤司はピタリと手を止めた。柊の顔を覗《のぞ》き込むようにして、ククッと低く笑う。

「最初っから素直に言えばいいのに。初心者コースだろ？」

「ん……それでいい」

小さくうなずいた柊に、藤司は笑みを深くして目元に唇《くちびる》を押し当ててきた。

玉ねぎを切りながら、同じように目元を舐《な》められたことを思い出す。

「おれ、女の子じゃないからな」

「そんなことは知っている。……それが？」

「ぺったんこの胸とか見て、がっかりしたって言うなよ。そんなこと言われたら……考えただけで死んじゃいそうだ」

柊は本気だったのに、藤司は不思議な言葉を聞いたかのようにポカンとした顔をして……笑った。

「心配無用だ。他《ほか》の男は触《さわ》りたいとか思わないが、おまえは特別だな。なにかと理由をつけて、弄《いじ》ってただろ。虎《とら》パンツ、本当に可愛《かわい》かったぞ」

「……悪趣味《あくしゅみ》」

可愛げのない言葉を返しつつ、ほんの少し肩の力が抜ける。

そうか。なにかと柊をからかったり触ったりしていたのは嫌《いや》がらせではなく、それ自体が目的だったのか。

「足元とか、海水でベタベタだし、風呂《ふろ》に入って……」

「それはお互《たが》い様だ。心配しなくても、おまえなら足の指でも舐められるぞ」

「とんでもないこと、言うなっっ。うわ……わっ、こ、ここは嫌だっ」

今すぐ証明してやるとばかりに床《ゆか》に転がされそうになり、慌《あわ》てた柊は藤司の背中にギュッとしがみつく。

夢見る乙女《おとめ》ではないのだから、ロマンチックなムードなどは求めない。でも、いくらなんでも玄関先《げんかんさき》は嫌だ。

「ああ……悪い。ベッドだな。風呂は後でいいだろ。事後のおまえに、その元気が残っていたら……だが」

なんだか不穏《ふおん》な予告をされたような気がするけれど、聞かなかったことにして藤司の背中に抱《だ》きつく両腕《りょううで》に力を込めた。

特別な感情を抱く相手に素肌《すはだ》を晒《さら》すことが、こんなに気恥《きは》ずかしいなんて知らなかった。

異性ならともかく、同性の身体《からだ》を目にして落ち着かない気分になることも不思議だ。

「なんで目を逸《そ》らしてる？」

「わ、かんない。なんか、居たたまれない……っていうか、落ち着かない。こんな格好で寝《ね》ることとか、ないし」

そうだ。普段《ふだん》寝る時はパジャマを着ていて、全裸《ぜんら》でベッドに上がることなどまずないので、そのせいもあるに違《ちが》いない。

藤司に言い訳しているのか、自分自身に言い訳しているのか、わからなくなってきた。

しどろもどろで挙動不審《ふしん》な柊に、藤司がほんの少し眉間《みけん》に皺《しわ》を刻んで口を開く。

「おまえ、慣れてないかなー……とは思ってたけど、もしかして」

「ドーテーで悪いかっ。あんたみたいにモテないんだよっ」

藤司が呑《の》み込んだ言葉の続きを、ヤケ気味に引き継《つ》いだ。

女の子からは「草食系」などと言われて異性と認定《にんてい》してもらえない上に、たいてい柊の周りには『雉《きじ》・猿《さる》・犬』の誰《だれ》かがいるのだ。女の子とそこそこ仲良くなっても、あの三人の誰かに心を移されてしまう。

その結果、二十歳《はたち》になるのにまともに彼女ができたことがない。柊自身に、必死で彼女を作ろうという気概《きがい》がなかったのも要因だと思うけれど。

「そんな、投げやりにならなくてもいいだろ。悪いとは言ってない。悪いどころか……気分がいいな。そうか。おまえの身体、俺が初めて目にして……触るってことかぁ」

「それっ、スケベ笑いって言うんだ」

「ハイハイ、否定はしない」

柊の憎《にく》まれ口をさらりと受け流した藤司は、気分がいいという言葉のままどことなく嬉しそうに手を伸《の》ばしてきた。

胸元《むなもと》、腰……腿《もも》の内側に指を滑《すべ》らされて、ビクビクと身体を震《ふる》わせる。過剰《かじょう》反応だとわかっていても、止められない。

「もう二度と嫌だなんて言われないように、懇切丁寧《こんせつていねい》に触ってやる」

「変な宣言、しなくていい。普通……がいいから」

なにをどうする気だと、戦々恐々《せんせんきょうきょう》とした気分になる。

変な気合いを入れるなと告げたところで、腿の内側を撫で上げた手にビクッと腰を跳《は》ね上げさせた。

「ぅ……んっ」

咄嗟に両手で口を塞《ふさ》ぎ、零《こぼ》しかけた声を押し戻《もど》す。

絶対に、変な声が出ていた。抑《おさ》えられてよかった。

柊はホッとしたのに、藤司は気に入らなかったようだ。ギュッと眉間に皺を刻んで、柊の腿を摑《つか》む。

「口を塞ぐな。もったいない」

「なにが、もったい……ッ、あ！」

不意打ちで手の中に屹立《きつりつ》を包み込まれて、今度は唇を塞ぐ手が間に合わなかった。

片手で難なく両手首を纏《まと》めて頭の上に押さえつけられ、もう片方の手でゆるゆると弄ってくる。

藤司の、大きな手が……触って、る。指、が……絡《から》みついてきて、じわじわと締《し》めつけ……て。

異様に肌《はだ》が敏感《びんかん》になっているみたいで、触《ふ》れてくる藤司の指をやけにハッキリと感じる。

「ッ……ぁ、や、だ……ぁっ、そんな……そこ、ばっか……り」

「嫌だ？　説得力がないな」

「ぁー……、ッア！」

直接的な刺激を与《あた》えれば、快楽を得ることができる。

そんなことを、知らなかったわけではない。

でも、自分の手で拙《つたな》く触れるのとこうして藤司に触れられるのとでは、まったくと言っていいほど違っていた。

身体の奥から湧《わ》き上がってくる、熱の種類が異なるみたいだ。

「ゃ、やだっ。おれ、だけ……変になる」

「変じゃないだろ。泣くなよ。もっと、泣かせたくなるから困る」

「ッ……ぅ、ン」

反論したいのに、言葉にならない。藤司は絡みつく指の動きを止めてくれなくて、柊を混乱の渦《うず》に巻き込むばかりだ。

「やだ、やだやだ……ッて、藤……司、さ……んっ」

涙声《なみだごえ》をみっともないと思う余裕《よゆう》もなく、頭《かぶり》を振《ふ》って「嫌だ」と繰《く》り返す。さすがに藤司は指の力を抜《ぬ》いて、動きを止めた。

「俺に触られるのは、そんなに嫌か？」

「違う……って。おれだけ、っが……嫌だ。おれも、藤司さんに触りたい……し、一人で変になるの、嫌だよ」

うまく言葉にできず、途切《とぎ》れがちの不器用な言い方だったけれど、なんとか『嫌』のワケを主張する。

藤司は、困ったようなくすぐったいような、なんとも形容し難《がた》い複雑な表情で柊を見下ろしてきた。

「だから、あまり可愛くなるなって。俺が暴走するから。……触るのは、また今度な。今は、俺に可愛がらせろ。柊だけが、変になるんじゃない……から」

「ぁ……」

言葉の終わりと同時に、膝《ひざ》を左右に割り開かれる。なにもかもを藤司の目に晒すとんでもない体勢に、カーッと全身が熱くなった。

「じっくりまったり、触り倒《たお》したかったのに……おまえが煽《あお》るから、余裕がなくなったじゃないか」

苦い口調で柊のせいだとぼやいて、押し開いた脚《あし》の奥に指を滑り込ませてくる。指先を少しだけ挿入《そうにゅう》され、違和感《いわかん》に眉《まゆ》を顰《ひそ》めた。

「これじゃキツイな。ちょっと待て」

ギッとベッドが軋《きし》み、藤司がサイドテーブルに手を伸ばす。なにかと思えば、引き出しから小さなチューブを取り出した。

「油性のクリームだと、これだな。傷薬だから、害はない。怖《こわ》がるなよ」

「それは、無理……」

怯《おび》えるなと言われても、未知の体験は怖いに決まっている。素直《すなお》に答えると、藤司は唇《くちびる》に微苦笑《びくしょう》を浮《う》かべて「そうだよな」と同意した。

それでも、やめようとは言わずに再び指を押しつけてくる。

「うわ、ぁ……っっ、ぅ……ン」

「正解だな」

怖いくらいスルリと潜《もぐ》り込んできた指に、息を詰《つ》める。

ドクドク……耳の奥に響《ひび》く脈動だけがリアルで、現実感が遠ざかる。身体の内側に、藤司の、あの長い指があると……考えるだけで堪《たま》らない気分になった。

余裕がないように言っていても、丁寧《ていねい》に触れてくれているのだと、粘膜《ねんまく》を探《さぐ》るゆったりとした動きから伝わってくる。

薄《うす》く目を開いて藤司を見上げると、熱を帯びた目で食い入るように柊を見下ろしていた。潤《うる》んだ目が艶《つや》っぽくて、グッと熱い塊《かたまり》が喉《のど》の奥からせり上がってくる。

「と、藤司さん……、ぁの、も……それ、いい」

「いい？　やっぱり、無理そうか」

「そう、じゃな……っ、違《ちが》うっ。指じゃなくて、いい……から」

うまく伝えられなくて、藤司の肩《かた》に手を伸ばす。ギュッと背中に抱きつくと、ようやく柊の意図が伝わったらしい。

「でも、まだしっかり慣らしてないから、キツイかもしれないぞ」

「いい、って。なんか……もっと、藤司さんとくっつきたい。これじゃ、足りない感じがしてるからっ」

もどかしい。

そう訴《うった》えると、藤司はそれ以上なにも言わずに埋《う》めていた指を引き抜いた。喪失感《そうしつかん》に嘆息《たんそく》するまでもなく、指より遥《はる》かに存在感のある熱塊《ねっかい》が押し当てられる。

「息を……詰めるなよ」

「ン……」

熱い背中にしがみつき、深く息を吐《つ》く。じわりと熱い熱に侵略《しんりゃく》される息苦しさに、喉を反らした。

苦しい……熱い……もう終わりかと思ったのに、まだ……奥まで。

「ん、っく……ッあ、ぁ……」

「悪い。止められな……ッ」

「ぃ、っ……い、止めなくて、っい……」

止めたら、怒《おこ》るからと。

背中を抱《だ》く指先に力を込めて、言葉ではなく訴える。

柊の思いはきちんと伝わったらしく、藤司は身体《からだ》を引くことなくピッタリと重ね合わせてきた。

「すげ……熱い、な」

「ン、藤司さ……のが、アツ……い」

密着した胸元から、激しい動悸《どうき》が伝わってくる。自分のものと混じり合い、どちらがどちらなのか境界が曖昧《あいまい》になる。

灼熱《しゃくねつ》の炎《ほのお》を浴びて、ドロドロに融《と》け合うみたいで……苦しいのに、ずっとこうしていたいと矛盾《むじゅん》する欲求《よっきゅう》が込み上げてくる。

「も、なんか……わかんな、ぃ。藤司さ……っ、藤司……ッ」

「どうなってもいい。なにもかも、手放せ」

「ゃ……怖、い……ゃあ！」

頭の中が、真っ白に染まる。現実が遠ざかり、甘くねっとりとした熱に全身が包まれて……身体が融ける。

柊は「怖い」と子供のようにしゃくり上げながら、その混乱に落としている張本人である藤司に必死でしがみついた。

「柊……」

熱っぽい声で名前を呼び、強く抱き返してくる腕《うで》に全身を預けて、促《うなが》されるまま理性を手放した。

□□□

「東京に戻《もど》ったら、一番に……なに？」

ピロートークには色気のないものだと思うが、現実はすぐそこだ。ベッドに藤司と並んで横たわり、これからどうするのだと尋《たず》ねる。

「本社だな。俺は、休暇《きゅうか》中にまとめた事業提案書を提出する。柊は、家に戻って桃瀬の当主との会談だ。本人から詳《くわ》しく説明を聞け」

「……うん」

父親もだが、『雉《きじ》・猿《さる》・犬』の三人衆の話も聞かなければならない。ついでに、一連の勝手な行動の説教も待っているはずだ。特に剣太郎は、一度電話で話しているだけにヤキモキしているだろう。

「この先のことは、心配するな。ウチの当主もだが……桃瀬の当主も、これからの時代は無闇《むやみ》にライバルと張り合うより、ある程度手を組んだ方が得策だとわかっているはずだ。俺は三男だが、鬼柳は実力主義だから後継《こうけい》になる自信はあるぞ。桃瀬の跡継《あとつ》ぎはおまえだろ？　そうしたら、鬼柳と桃瀬は次代も安泰《あんたい》だな」

「そんなに、都合よく……いくかな」

桃瀬と鬼柳は、反目していた時代のほうが長いのだ。藤司が語るように単純にコトが運ぶだろうかと、不安になって当然だと思うのだが。

不安を滲《にじ》ませる柊に反して、藤司は簡単なことを語るようにさらりと口にした。

「俺らで、都合よくコトが運ぶようコントロールするんだよ。鬼《おに》と桃太郎が手を組めば、最強だろ?」

藤司がそう言うのなら、可能なような気がするから不思議だ。

髪《かみ》に触《ふ》れてくる藤司の手を取り、小さく頭を上下させる。そうして素直にうなずいた柊に、藤司はこれまでになく優《やさ》しい笑《え》みを浮かべた。

……一番の難敵は、柊を護《まも》る『雉・猿・犬』の三人衆なのだと藤司が知るのは、もう少し先になる。

□□□

飛行機を降りて到着《とうちゃく》ゲートを出た瞬間《しゅんかん》、

「柊! 遅《おそ》かったじゃないかっっ」

泣きそうな声でそう言いながら、大柄《おおがら》な男に抱きつかれた。顔を見る間もなかったが、コレが誰《だれ》かはわかっている。

「剣太郎。重い。……恥《は》ずかしいから離《はな》せって」

「だって、メチャクチャ心配したんだぞっ。オレだけ、詳しいことを知らされずに酷《ひど》いだろっ」

柊の両肩《りょうかた》を掴《つか》んで必死で訴える剣太郎を、どう宥《なだ》めるか困惑《こんわく》しつつ見上げていると……その背後に、圭市と智哉の姿が見えた。救世主だ。

「智哉、圭市。剣太郎を引き離してほしいんだけど。……暑い」

パタパタと手を振《ふ》って、二人を呼び寄せる。ゆっくりとこちらに向かってきた二人は、左右それぞれ剣太郎の腕を掴んで、柊から引き離してくれた。

「デカいのが柊さんに縋《すが》りつくな。窒息《ちっそく》する」

「おいおい、数十年ぶりの再会か？　これだから犬は」

呆《あき》れたような口調で二人に咎《とが》められた剣太郎は、「オレを蚊帳《かや》の外に追い出した、おまえらにも責任はある！」と、嚙《か》みつかんばかりの勢いで言い返している。

「……えーと、とりあえず父さんと話したいんだけど。家、かな。会社？」

どこに行けばいいのだと、智哉を見上げて尋ねる。智哉は、剣太郎を制した手を離すことなく柊に答えた。

「夜には、鬼柳と会合がありますが……それまで本社にいらっしゃいます。お送りします」

「うん。頼《たの》んだ。えっと、……藤司さん」

斜《なな》め後ろにいる藤司をチラリと見上げる。

それまで無言で柊と三人衆のやり取りを眺《なが》めていた藤司は、仄《ほの》かな笑みを浮《う》かべて柊の頭に手を置いた。

「ああ、じゃあ俺はここで。桃瀬と鬼柳の会合には、俺も同席する予定だ。柊も来ればいい」

「う……ん。父さんが、いいって言ってくれたら」

部外者扱《あつか》いされなければ、同席したいのは山々だ。知りたいこと、聞きたいことは無数にある。そう答えた柊に藤司は笑みを深くして、クシャクシャと髪を掻《か》き乱した。

「これだけ巻き込んだんだ。ダメとは言えないだろう。会合が終われば、個人的な時間も取れるだろうし……また後で、ゆっくりな」

ポン、と軽く柊の頭に手を置いて踵《きびす》を返す。ここで別れてしまうことに名残惜《なごりお》しさを感じているのは自分だけなのかと、一抹《いちまつ》の淋《さび》しさを感じるほどドライな態度だ。

すぐ人混《ひとご》みに紛《まぎ》れてしまいそうな大きな背中を見送っていると、背後から三人分の低い声が聞こえてきた。

「なんだ、馴《な》れ馴れしいな。あれが、鬼の三男か。末っ子なのに、兄貴たちを差し置いて鬼柳の跡取《あとと》り候補筆頭だって？」

「噂《うわさ》では、随分《ずいぶん》とやり手だそうですね。柊さんに軽々しく触れるなど、図々《ずうずう》しい」

「無駄《むだ》にイケメンなのが、ますますムカつくな。やっつけるなら、オレにやらせろ！　今回蚊帳の外に弾《はじ》かれてたことで、フラストレーションが溜《た》まってるんだよね」

不穏《ふおん》なものを含《ふく》む言葉の数々に、柊は藤司に触れられた髪の余韻《よいん》に浸《ひた》ることもできず、ぎこちなく回れ右をした。三人分の目が集まってきて……さりげなく視線を逃《に》がす。

「柊？　なんか変な顔をしてないか？　まさか、鬼の別荘《べっそう》で一緒《いっしょ》に過ごすうちに、言葉《ことば》巧《たく》みに絆《ほだ》されたんじゃないだろうな」

剣太郎が険しい顔でそう口にすると、圭市も笑みを消して柊を見下ろしてくる。

「柊、鬼に脅《おど》されたり……意地悪なことをされたんじゃないのか？　もう俺たちがいるんだから、黙《だま》って触《さわ》らせなくてもよかったんだぞ」

真顔でそんなことを言う圭市に柊は無言で左右に首を振ると、チラリと智哉を見上げる。

智哉は険しい表情で、藤司が去ったほうを睨《にら》んでいた。

「……彼とは、一度じっくりと話すべきですかね」

「そうだねぇ。いくら柊が可愛《かわい》いからって、血迷ったようなら……剣太郎の出番だ」

「おう、任せろっ」

不気味な笑みを浮かべて視線を交《か》わす三人に、柊はしどろもどろに「三人が心配することなんか、なにもないよ」とつぶやいたけれど、聞こえないふりをされてしまった。

かつてお供してくれた、頼もしい『雉・猿・犬』が子孫の恋路《こいじ》にとって最大の難所となりそうだとは……ご先祖は、予想もしていなかったに違《ちが》いない。

あとがき

こんにちは。真崎《まさき》ひかると申します。ルビー文庫さんでは、初めましてです。初めましてのご挨拶《あいさつ》は、すごく緊張《きんちょう》します……。

それなのに、なんとなくイロモノでの「初めまして」で、ちょっぴり気恥《きは》ずかしいです。

桃太郎《ももたろう》にも鬼《おに》にも怒《おこ》られてしまいそうな「とんでも設定」ですが、生温かく笑っていただけると幸いです。通称《つうしょう》『鬼《おに》が島《しま》』は毎日の犬の散歩コースから見える島なので、馴染《なじ》みがあって親しみ深いところです。が、夕闇《ゆうやみ》に浮《う》かぶ燈台《とうだい》の灯《あか》りを眺《なが》めながら、なんだか申し訳ない気分になってしまいました。

ちなみに、潮が引くことで海の中に小道ができる……という素敵《すてき》な場所は実在しますが、これは『鬼が島』とは別の島です。勝手ながら、都合よく組み合わせてしまいました。

内容はイロモノでも、イラストを描《か》いてくださったみなみ遥《はるか》先生のビジュアルはとっても綺《き》麗《れい》なので、是非《ぜひ》ともそちらを堪能《たんのう》してください。ご迷惑《めいわく》をおかけしましたが、素敵なキャラたちをありがとうございました！

担当してくださったMさま。初《しょ》っ端《ぱな》から、大変なお手数をおかけしました。酷《ひど》い目に遭《あ》わせて、申し訳ございません。本当に、ありがとうございます……。

ここまで読んでくださった方にも、感謝感激です。ほんの少しでも楽しんでいただけると、すごくすごく嬉《うれ》しいです。

それでは、バタバタと慌《あわ》ただしくて申し訳ありませんが、失礼します。また、どこかでお逢《あ》いできますように。

二〇一四年　庭で秋の虫が賑《にぎ》やかに鳴いています。

真崎ひかる

KADOKAWA
RUBY BUNKO

鬼《おに》の求婚《きゆうこん》
～桃太郎《ももたろう》の受難《じゆなん》～

真崎《まさき》ひかる

角川ルビー文庫　R172-1　18845

平成26年11月1日　初版発行

発行者——堀内大示
発行所——株式会社KADOKAWA
東京都千代田区富士見2-13-3
電話(03)3238-8521(営業)
〒102-8177
http://www.kadokawa.co.jp/
編　集——角川書店
東京都千代田区富士見1-8-19
電話(03)3238-8697(編集部)
〒102-8078
印刷所——暁印刷　製本所——BBC
装幀者——鈴木洋介

本書の無断複製(コピー、スキャン、デジタル化等)並びに無断複製物の譲渡及び配信は、著作権法上での例外を除き禁じられています。また、本書を代行業者などの第三者に依頼して複製する行為は、たとえ個人や家庭内での利用であっても一切認められておりません。
落丁・乱丁本は、送料小社負担にて、お取り替えいたします。KADOKAWA読者係までご連絡ください。(古書店で購入したものについては、お取り替えできません)
電話 049-259-1100 (9:00～17:00/土日、祝日、年末年始を除く)
〒354-0041　埼玉県入間郡三芳町藤久保550-1

ISBN978-4-04-102273-3　C0193　定価はカバーに明記してあります。

©Hikaru Masaki 2014　Printed in Japan